悠遊之歌
Wandering
赫曼·赫塞——著 沉櫻——譯

目錄

CONTENTS

CONTENTS

關於悠遊之歌

沉櫻

我在各方面都是個以興趣為主的玩票者，對文學的欣賞尤其是這樣。一向隨意涉獵，只享受作品，不大關心作者，可是自從在一本英文的《世界散文選》中偶然讀到〈青春．美麗的青春〉一文，並加以翻譯之後，卻再也忘不了赫曼．赫塞的名字，一直想找他的其他作品來讀。寫信到國外託人物色，先後買到七八本，但都是小說，沒有散文。他的小說自然也非同凡響，而且這兩年正在美國風靡一時，最近出版界也在翻譯，很受歡迎。只是我總覺得他的小說太多詩和哲學有點難懂，因此和朋友譯了一本《車輪下》之後，便沒有再譯別的，仍念念不忘地在找我所偏愛的他的散文。

悠遊之歌

最近大半年來，自從譯完《同情的罪》出版之後，再沒動筆翻譯什麼，日子過得非常無聊，好像身心都失去了著落。這並非說自己是以翻譯為業的人（無論職業、事業都不是），而是學無專長，平日胡亂看點英文書總是浮光掠影地消遣，有時會越看越無聊，唯有遇到心愛的名作加以翻譯時，才能細讀深思地得到讀書之樂。最近沒有譯書等於沒有讀書，自然難免無聊，無聊的樣子連別人都看得出，朋友們都勸我快找點什麼來譯譯。李藍女士幫忙《人間》拉稿，尤其催得緊，有一天竟拉著我這懶人去逛中山北路的英文書店。從來沒有買翻版書的習慣，總以為沒有什麼可看，到了那裡才知幾年來這方面也有了進步，印刷不錯，種類不少，並且赫然陳列著一大排赫塞的作品。到處託人去找的東西一齊到了眼前，實在是樁驚喜的事。不管是什麼，除了自己已有的幾本，一齊買了。回家才細看書名和內容簡介，原來仍都是小說，未免多少有點失望，最後翻開那最薄的一本"Wandering"，卻又來了一次驚喜中的驚喜，竟正是多年尋覓未得的他的散文，並且還有詩有畫。迫不及待地立刻一口氣讀完，全忘了戴著老花眼鏡看書的辛苦，只覺自己也隨著他做了一次悠遊，看了許多、想了許多、感受了許多、理解了許多。不但對這書本身感到深深的喜愛，同時也恍然領悟赫塞所有的作品：為什麼總以鄉愁和漫遊為主題？為什麼出遊又思家，戀愛又出遊？為什麼永遠追求，永遠不滿？為什麼有時快樂，有時沮喪？他是一致，還是矛盾？他渴望的是什麼？什麼是他尋到的真理？這本充滿詩情畫意和哲理的自剖，可說是最好的答覆。像他在〈牧師住宅〉中所說的：

「我覺得生命在身內戰慄，在舌尖上、腳跟上、欲望裡、苦痛裡。我要使靈魂成為流動的東西，可以復原到千百種形態。我要把自己夢想為牧師和流浪者，廚娘和凶手，兒童和野獸，特別是鳥雀和樹木。這悠遊是必須有的，因為我需要它，有了它，我才能生活下去，如果有一天失去這種可能，被陷入所謂

『現實』，那我情願死。」

在〈田野〉中他又說：

「一個人（在悠遊中）發覺世界是這麼美麗，生活是這麼單純。如果說還有些渴望存留著，那是：我想再有一對眼睛，再有一個肺，那伸在草地上的腿再長一點。

我希望能變成巨人，把頭枕著阿爾卑斯峰頂的積雪，躺在羊群之間，腳尖拍濺著下面深湖的水。這樣子躺著再不起身，灌木從我的指縫生長，阿爾卑斯的野玫瑰開在我的髮上，我的膝蓋成了山下小丘，葡萄園散布在我的身上，還有房屋和教堂。這樣子躺上一萬年，仰望著天空，注視著湖水。我打噴嚏時，就有雷雨；我呼吸時，雪就融化，瀑就飛舞；我死去時，整個世界也就滅亡。然後我再旅行跨過世界海洋，去帶回一個新的太陽。」

他對大自然這般崇愛，對人生也同樣積極，在〈樹〉中他說：

「一棵樹被砍倒，把它的致命傷暴露在日光之下，你可以在橫截面上讀到它全部歷史，它的年齡、它的疤痕，所有的掙扎、所有的苦難、所有的災病、所有的快樂和繁榮，都確實地記載著。有或寬或窄的年輪，有遭襲擊的抗拒，有遇雷雨的忍受。每個鄉下小孩都知道那最堅硬、最珍貴的樹木，有著最狹窄的年輪，在高山厄運重重的險地才能生長最稀奇、最理想、最不易毀滅的樹木。

當我們遭受打擊，覺得再也活不下去時，樹會對我們說：『冷靜吧！冷靜吧！看著我！生活不容易，生活也不艱難。你那些都是孩子氣的想法，讓上帝在心裡和你說話，你就會寧靜下來。你急躁不安是因為你的路離開了母親和家鄉。但每走一步、每過一天，都會把你再帶回母親身邊，家不在這裡，也不在那裡，家在你的心裡，絕對不在任何地方。』」

他為什麼永遠追尋，又永遠不滿呢？他在〈紅房子〉裡面說得最清楚：

「我的許多生活欲望都實現過。想做詩人，我做了；想有一所房子，我建造了；想有妻兒，我有了；想對大眾說話影響他們，我說了。每一樁實現都是一種滿足。但滿足正是我所不能忍受的事。詩對我變成可疑，房子對我顯得狹小，沒有目標是我要達到的目標，每條路都不過是臨時便道，每次休息都產生新的渴求。」

還有，他在詩中曾說：

「望著排成一圈的月亮和星星
猜想著它們的運行，
覺得自己也到了其中，
正在走的旅程
到哪裡都行。」

譯完《悠遊之歌》以後，我忽然覺得赫塞正是以天地為心、宇宙為家的人，他所追求的正是儒家的「天人合一」的崇高理想。無怪他那麼嚮往東方，說中國是他的第二精神故鄉；他讀了翻譯的中國詩後，說再不能立刻去讀西洋詩。孔子說過：「余欲無言，四時行焉，萬物生焉，天何言哉？」今人題畫詩中也有過：「山中自有天然調，高士攜琴不用彈。」赫塞追求的可不正是這種「無言之言」？他在悠遊中領略的可不正是這種「天然調」嗎？

潛心埋頭地翻譯這種散文，實在是一種無上的快樂，現在發表出來供獻給讀者，如果別人不能有和我一樣的感受，那完全是由於譯文的拙劣、譯者的罪過，讓我先在這裡對作者和讀者雙方致歉。

附錄的〈青春．美麗的青春〉是二十年前的舊譯，曾收入《迷惑》集中。現在附在本書之後，除了紀念對赫塞作品的初譯，同時也為使鄉愁和悠遊作一強烈對照。

我的譯書一向沒有作者介紹，這是因為缺乏研究，不知說什麼才好，單是抄抄年譜又似太嚴肅，和我這種消遣譯品不大相宜。最近又有人提到這個問題，使我忽然想到狄剛主教（筆名張康）在民國五十二年出的《青果集》中，有一篇翻譯赫塞的〈我最心愛的讀物（附跋）〉。他精通數國語文，對文學、哲學又都有研究，這篇文章不但是最早介紹赫塞到中國來的，同時跋語非常懇切，用來作為赫塞譯書的序言很是合適。不過，這篇曾選入《散文欣賞》第二集，現在又徵得同意再選為代序，除向作者致謝外，並希望讀者能原諒我的取巧和偷懶。

我最心愛的讀物（附跋）

——代序——

赫曼・赫塞 著
張康 譯

一

「你最愛讀的東西是什麼？」這問題已經有人跟我提起無數次了。

對於一個愛世界文學的人，這是一個難以解答的問題。我曾經閱讀過幾萬冊書籍，其中有一些我讀過數次；而且原則上我反對把任何文學作品、思想派別以及作者從我的圖書室或是我的興趣範圍排斥出走。雖然，這問題仍是很合理的，而且並非全無答覆的可能。很可能有一種什麼東西都吃的人，從黑麵包到鹿脊，從胡蘿蔔到鯽魚，他什麼都不討厭。不過，他仍然可以有三、四種特別嗜好的菜。很可能有一種人，一想到音樂，便特別意味到巴哈、韓德爾和克拉克，雖然不見得他拒絕舒伯特、斯楚茨基。同樣地，我仔細尋思時，也接觸到若干，比較和我接近，比較為我所喜愛的領域、時代和情調。譬如在希臘作家中，荷馬要比悲劇作者，希羅多德要比修昔底德對我更親切。

假如我非自承不可，那麼我要說，我和那些「氣勢激昂」（Pathetiker）的作者們之間的關係既不自然也不舒服；基本上我並不喜歡他們，我對他們的敬仰也不無勉強的地方；這裡我特別要指的出是但丁、黑貝爾、席勒或斯特凡·格奧爾格。

我這一生中，在世界文學園地裡訪問最頻繁，大約也是我認識得比較清楚的一隅，那是在今天看來似乎已經距離我們無限遙遠甚而似乎已經成為傳奇時代的一七五〇～一八五〇年之間的德國文學，其中心和高峰是歌德。在這一片文學領域裡，我既沒有失望之虞，也沒有庸俗的刺激騷擾，它也是我在最古老、最遼遠的文學領域旅行後一定要返回的一片領域。這裡的詩人、書信作者和傳記作者都是優秀的人文主義者，又大都具有他們所出生的土地和人民的氣息。自然，最能感動我心的，還是那些其中的風土人情和語言，我從幼小時期已經熟習的書籍，讀這樣的作品時，我可以品味到那種能理解其中最細緻的意蘊，最含蓄的影射以及最輕微的情調的幸福。從這樣一部作品回到一本我必須藉翻譯才能讀到的書或是一本未具有這種動機、真純、圓熟的語言和音樂條件的書時，我常有一種受到衝撞的感覺，使人不快的感覺。自然，使我品味到這種幸福的，還是德國西南部的語文（士瓦本方言），這裡我只需提起莫里克或黑貝爾；不過，在這一值得歌頌的時代裡，幾乎全部德國和瑞士的作者——從青年的歌德到史迪夫特，從海因里希・斯蒂林的青年期到伊默曼和德羅斯特—徽爾斯霍夫都是我所喜愛的。而這些輝煌可愛得作品，大部分只在有限的幾家公私圖書館存在，這一事實對於我，乃是我們這一可怕的時代裡最令人不安、最醜陋的跡象之一。

二

但是，血統、鄉土和祖先的語言並非一切的一切，在文學亦如此；世界上還有超出這些東西的東西，那即是人類。這世界有一種使我們一再驚奇而且使我們感到幸福的可能性，在最遼遠、最陌生的地方發現一個家鄉，去愛那看來最難取得入室門徑的東西。對此，在我生命的前半期，我在印度文化精神裡，稍後，在中國文化精神裡得到了佐證。

為了接近印度人，我至少已具有道途和若干先決條件；我的雙親和祖父母曾經在印度生活過，學習了印度語文，嘗味到若干印度的文化精神，以至於有一份美妙的中國文學和一種特別的中國人文生活與精神存在著。我不僅能寶愛它而且居然能以它為我的第二精神故鄉，則是我已過三十歲後還未曾料想到的事。而這不可預料的事居然發生了，——我除了知道一點由呂克特譯的《詩經》外，當時對中國文學還一無所知，——通過了衛禮賢和其他人士的翻譯工作，認識了中國道家的智慧和儒家善的理想；現在，沒有這種理想支持，我真將無從生活了。有著二千五百多年的距離，不認得一個中國字，從未到過中國的我，居然獲得了這一份幸福；在中國古代文學中尋覓到我個人意會的證實，尋到一個本來只在出生和本國語言所派給我的那領域裡才能具有的精神氛圍、精神故鄉。莊子、列子和孟軻所敘述給我們的中國精神導師和智者全都是氣質激昂之士的反面，他們都非常單純平易，接近人民和日常生活。他們毫不矯揉造作而情甘自願的度過隱遁儉樸的生活，他們發表意見的方式也是使我們驚嘆欣喜的。老子最大的對手孔子——中國系統思想家、倫理學者，中國倫理法則創立人與護衛人，在中國古代智者中可說是唯一的一位具有凜然不可犯的人物，曾被指為是：「知其不可而為之者。」這種兼具從容幽默而又單純平易的品質，是我在任何文學中找不出相同的例子的。我經常想及這一句和別的若干格言，默察世界局勢，玩味那些在未來歲月裡有意治理世界，使世界完美的人的話時也能想及它們。這些人都和偉大的孔子一樣行事，但是在他們行動的後面，他們卻沒有那應該「知其不可」的智慧和精神。

這裡我也不容忘懷了日本，雖然日本人遠不像中國人那樣吸引我，那樣深刻廣泛地滋養了我。今天的日本，（譯者案：此文寫於一九四五年）在我們眼中和德國一樣是一個好戰的國家，但是日本無論在過去或現在也有它自己的既宏偉又小巧，純精神化而堅韌，而居然又很能適合於實際人生的東西，譬如「禪」便是一種，雖然佛教在印度和中國都有份，卻是在日本才完全得到生發的花。我以為「禪」是一個民族所盡可能取得的最好東西之一；它是可以和釋迦牟尼與老子並列的一種智慧與實踐。

經過一段相當長的間隔以後，我也領略到詩歌的魅力，特別是日本詩歌的那種著意追求樸實和簡明的趨向。假如有誰剛剛讀過日本詩的話，它絕不可馬上去讀德國現代的詩，否則我們的詩會顯得異常累贅而笨拙的。日本人有很令人驚讚的發明，十七音節的詩便是一例，日本人很明白，要想使一種藝術成功，人絕不可以輕率從事，反之，人應該不憚煩地努力。

目前有不少人訕笑書籍出版過度的現象。如果我還年輕些，還有足夠的精力的話，我別的什麼事都不要做，只要去編印出版書籍。對於這一傳承精神生命的工作，我們既不容坐等，也不容把它視作跟良心無關或作為商場行情的問題去看待。世界文學正在危機中；而新出版書倉促欠佳所造成的災禍，是不下於戰爭及其後果所加害於世界文學的。

譯者附跋

一、我們生活的這個世紀，除了自然科學和工藝技術得到了高度的發展以外，就人類整個文化而論，是個混亂得可憐的世紀。在這全人類歷史文學空前的轉捩點上，我們最需要的是追求真理的沉著、冷靜、客觀的態度。讓真理開導我們、解放我們，使各種民族、各種文化在真理之前擺脫各自的成見，攜起手來去創建世界文化。縱然退一步說，只為了要為自己的生活尋求一個安頓，這種追求真理的態度也是必要的。

赫曼・赫塞能以一個異國人的身分，依循著他那戀慕一切美好的心情和渴望，越過了時間與空間的限制，接觸到創造中國文化的人物，在中國尋到了他的第二精神故鄉，這種精神是值得欽佩、值得效法的。這是我譯出這篇文字的主要動機。

二、隨著「五四」運動而起的「新文化」運動，其對西方的盲目崇拜，對中國傳統文化的盲目揚棄，固然是基於愛國救國的熱忱，但是國人自傲自滿而招致一連串的恥辱，馴致養成自卑心理，無疑地也是上述盲目崇拜、盲目揚棄的主要動力之一。

現在「五四」這一時代已經決定性地告一段落了。雖然有若干人仍繼續喊「五四」的「民主」和「科學至上」的口號，但已缺乏堅強有力的內容，而他們所依憑的十九世紀的實證主義，反形上學、反宗教的思想餘緒——實驗主義、心理主義、歷史主義、各式的唯物主義，又都已受到嚴重的批判，有些且在沒落中。他們忽略了西方思想本身最近二三十年來已表現了歸依哲學和宗教的顯明傾向；另一方面的中國知識分子現在也正在展開對清末以來的思想學術的清算，以促使儒家思想復興運動的展開，「五四」時代是決定性的宣告結束了。不過，如果我們深入一層去觀察，仍可以發現許多人還有著深刻的自卑感，不過取了另一種形式，亦即表現為高唱中國至上了。筆者以為，在今天大概沒有人會糊塗到這種田地，仍肯維護「全盤西化」主張的，但是以中國文化為至高無上，其熱忱雖值得嘉獎，其來由雖可以理解，卻是我們無法首肯的。

赫塞能夠不自卑、不自昂，打破狹隘的民族、國家、地域等的局限，去平視人類各種不同型態、性質，由不同民族創建的文化成就的價值，取長補短、捨己從人，這種精神也是值得取法的。

三、「五四」時代的知識分子雖然把「學習西方」的高調高唱入雲，但是今天結算一下，其成就是很可憐的。介紹應當是學習和吸收的先決條件吧，成就怎樣呢？單拿翻譯文學來說，當時最有功績的居然是不通西文的林紓；對「五四」的曾經遊學外國的知識分子，實在是一大諷刺。內憂外患頻仍，社會生活困苦不安，固非學者應當擔負的責任，系統的文化介紹工作當然難於進行；但是，知識分子真正各「盡其所能」了沒有，是很值得檢討的一件事。

且拿赫塞的作品來看。赫塞的聲望當然達不到德國文學史上歌德、席勒等人的高度，但是兩次世界大戰前後的德國作家群中，他應是在托馬斯•曼以後坐第二把交椅的人物，而且也領到過諾貝爾文學獎金；我們有幾部譯成中文呢？如果因為能力和經濟條件限制而不能夠多介紹世界文學、思想的工作，自然情有可原；如果是為了愚蠢的自滿自足，那就不可原諒了。因為只有不安於現實的缺陷，不住地神往、希求完美的人，他的生命的意義才有望實現。民族歷史文化生命當然亦不能例外，何況「不恥下問」還是中國古人的遺訓。

看看我們鄰邦日本那種介紹和學習異國文化的認真和謹奮態度，——不久前我曾看到一份赫塞作品各種語言譯文的統計，日本譯文至一九五九年有四十四部之多，居首位。——我們這至今仍是外強中乾的文明古國，是應當在心底感到自愧的汗珠滲出的。

四、完全不經過閱讀學習別人的作品而獨自創造出偉大而不朽的作品，這種作家存在的可能性，我們雖然不能夠先天地加以否定，但是文學史供給的資料卻很少可以證實這種可能性。反之，大都指出偉大的作家成名前，莫不經過欣賞、學習名家的階段；而且成名之後也仍不忘情於精研名家作品的。張秀亞女士在〈關於如何寫散文〉裡說得好：「宋代大儒蘇軾說的『文不可以學而能』，只是文章大師的欺人之談。設若他不是『百家之書無所不讀』，又如何能揮灑自如而為一代文化？」《湖上》。更遠的例子不說了，現代中國文學史上，周氏兄弟的地位是任何人也不能否認，二人的散文和魯迅的小說都指出，他們不但對中國古典文學修養有素，勤於研讀，對於外國文學作品也偶著很深刻的理解，知識範圍很廣泛的。外國作家中我願提出托爾斯泰來，他曾經自承：「我讀過盧梭的全部作品，三十卷全集，包括音樂典在內。我不但熱烈地擁護他，而且崇拜他。十五歲時，我再項間常有他的小像。他作品中一些地方我熟習到彷彿是我親自寫出的地步。」（此段乃偶然尋到的一則讀書筆記，已記不起出處了，請讀者原諒。）

中國新文藝運動發軔以來，成就當然不少，但是真正能在世界文壇上佔一席地位的作品實在太少了。主要原因怕是中國作家的世界文學修養有問題。欣賞、揣摩名家的作品，而且多讀，開拓興趣的範圍，乃是世界文學修養的重要條件。讀文學作品，當然還是以讀名作原著為上；而中國作家中能精通兩種以上外國語文的人有多少呢？縱然想讀名作的譯文，在我們中國又是如何困難？「許多人對於托爾斯泰、屠格涅夫．陀思妥也夫斯基的名字已經聽厭了，然而他們的著作有什麼譯到中國？」這話是魯迅在一九二四年說的。當然，經過了中共十多年來的偏向，蘇俄作家的作品現在已大都有中文譯本——但是也還並未有全部的翻譯——，不過把魯迅的話，針對著翻譯文學的全面工作看，在三十七年後的今天還是很有其現實意義的。比如法國當代第一流作家克勞德（Paul Claudel）、沙爾特爾（Jean-Paul Sartre）、卡繆（Alert Camus）

等，我們至今連一步譯文都還沒有。

藝術工作者絕不能止於抒寫個人的經歷、個人的想像。他應當能將人內心生活的形態揭示出來，能展現出人生的新的深度和廣度，必須對於人世與人類各方面——時代精神，歷史傳統當然在內——有深知、有同情；此外還需要表現他的知感的技巧。而這一切都是除了一部分天賦以外，非藉助於學習而不可得的。

不能讀名家原著，又沒有足夠的譯文可供觀摩，如果再不能夠虛心製作，反而潦草從事、粗製濫造，略有聲譽便沾沾自喜、故步自封；再加上舊時壞風氣——「捧」的作祟，文壇如何能有起色呢？

五、最後，我想約略介紹一點赫塞。

赫曼・赫塞（Hermann Hesse）生於一八七七年七月二日 Württemberg 省 Calw 地方。其父為一耶穌教師，居愛沙尼亞；其母為一生於印度的瑞士人。三歲至九歲居德瑞交界的 Basel 市。赫塞的雙親希望他做宣教師，送他到 Göeppingen 的拉丁語學校讀書，後進 Maulbornn 的耶穌教宣教師訓練所，因赫塞自己無意做宣教師，不久離去。在 Cannstatt 讀中學一年，又離去。在 Esslingen 做書商學徒，同時做父親的助手。後又一度轉為學儀器，再轉回書商部門，先後在 Tübingen 省 Basel 經營書店。一九〇四年後為自由職業作家。第一次世界大戰前旅行德、瑞、法、奧、義，一九一一年曾遊印度。第一次世界大戰時在德國駐瑞士大使館管理戰俘事，編輯一份為在法境的德國俘虜讀的雜誌。戰後遷居 Montagnola，一九二三年成為瑞士公民。一九〇五年他已得到 Bauernfeld 獎，一九二六年入普魯士文苑（一九三一年退出），一九三七年獲 Gottfried-Keller 文學獎，一九四六年獲諾貝爾文學獎，同年獲法蘭克福市歌德文學獎，一九四七年獲伯恩（Bern）大學榮譽博士學位，一九五〇年獲威廉・拉貝文學獎，一九五四年獲德國功勳勳章，一九五五年獲德國書商和平獎。

赫塞為一多產作家。他的作品至今除已有日本、歐洲、南北美等各種重要文字譯文外，尚有保加利亞、愛沙尼亞、立陶宛、芬蘭、印度、挪威、丹麥、南斯拉夫、瑞典、波斯、捷克、匈牙利等國譯文，共約二十多種。

赫塞特別崇拜歌德和莎士比亞，以下則為歐洲浪漫派詩人：如 W. Raabe, Arnim, Tieca, Gottfried Keller；海涅對他的影響也很大。中年以後他更受到德國哲學家 J. Böhme, 聖多瑪斯（St. Thomas Aquinas），San Bonaventura, Kepler，以及古印度文學作品與經典的影響，最後接觸到中國古典作品。晚年則喜聖方濟各的生活方式與精神。除詩文外，赫塞特愛音樂。

介紹赫塞生平及其作品得書籍中，最好的大約還是他的好友 Hugo Ball 在一九二七年寫成的《赫曼・赫塞，其生平及其作品》。

（五十二年譯自 Bücher: Schlüssel zum Leben-Tore zur Welt.）

農舍

再見吧！
小農舍和故鄉，
我離開你像一個年輕人
離開他的母親；
他知道這是應該離開
她的時候了……

這是我對它說再見的房子，像這樣的房子，我將有一段很長的時間不能再看見了。你知道，我正在阿爾卑斯山的一條路上走著。從這裡再向南走，德國的建築、德國的鄉村以及德國的語言都到盡頭了。

穿過這樣的邊境是多麼愉快呀。一個漫遊者在種種方面會變成一個原始人，比一個農夫更原始些。急於到達另一安排就緒的地方的渴望，使我和每個人一樣覺得這條路是通往未來的標誌。如果有很多別的人也像我一樣憎恨這些國與國之間的界限，那就不會再有戰爭和封鎖了。世界上再沒有什麼比這些國界更討厭更卑劣的，它們像大砲、像將官；只要是維持著親善相處的和平時代，就沒有人會對它們加以注意——可是戰爭一發生，它們立刻就成為緊急和犧牲。在戰事進行中，對於我們這些漫遊人那是怎樣的痛苦和囚禁呀！讓它們見鬼去吧！

我把房子在練習簿上畫了張速寫，眼睛憂傷地離開那德國式的屋頂，德國式的門窗和屋角，每一種我所熱愛而熟稔的東西，再一次深愛著家中的一切，因為我就要離開了。明天我將去愛別人的屋頂、別的村莊。我不會像那些情書中所說的把心留在後面，不，我要帶著它越過山去，因為我永遠需要它。我是漫遊者，不是莊稼漢。我是個對縹緲、變換和新奇的崇拜者，不願意把自己的心固定在這世界上某一地方。我認為我們愛的只是象徵，我們的愛過於執著於一種事物、一種信仰、一種觀念的時候，我會變成懷疑不安。

祝福那農人！祝福那有著這地方的人，那在這裡誠實工作的人！我會愛他、會尊敬他、會羨慕他。我曾浪費了半生歲月試著去過他的生活。我想同時做一個詩人和小康的人；我想做一個畫家和空想的人，也想做一個安分守己的人。這經過了很久，才知道一個人不能兼有並顧地做兩種。我是漫遊者不是莊稼漢，是尋求者不是保守者。我在自己那唯一偶像的神和法律之前自我譴責已經很久了。這是我在人世間的錯誤、痛苦和迷亂。為了對自己使用暴力鎮壓，為了不敢走向自己的解救，我也更增加了世界上的苦難。解救之道並不在左，也不在右，而是指向那只有上帝與和平的自己的心靈。

一陣潮濕的山風吹過，遙遠處是蔚藍的天上的島嶼。在那天空下我將有時快樂，有時想家。我是整體一致的人，純粹的漫遊者，千萬不能想到鄉愁。但我知道，我並不一致，甚至也不想做到一致，像體味快樂一樣，我也要體味鄉愁。

我朝向著它爬上去的這陣風中，有著遙遠的水邊和異方語言，高山和南方地帶的香氣，它充滿了希望預兆。

再見吧，小農舍和故鄉，我離開你像一個年輕人離開他的母親；他知道這是應該離開她的時候了，但他也知道他永遠不能完全離開她，就算想要那樣也做不到。

鄉村墓園

在墓地裡那些掛著長春藤的十字架上，
有溫柔的陽光芳香和蜜蜂的嗡嗡聲響。

可祝福的長眠其下的人們，
依偎到大地之母的心房。

祝福那默默無名回家來的遊子，
他倒在母親的懷裡得到了休息。

但是聽呀，聽那蜂群和花朵，

它們都渴望著生命為我高歌。

衝出夢境的盤根錯節，
久遠逝者又進入光明。

毀滅了的生命，黑暗地埋葬，
它們自己蛻變著要求現在。

皇后般的大地之母，
戰慄著在用力生育。

空墳中有甜美的和平寶藏，

岩石輕柔得像夜晚的夢一樣。

死亡之夢不過是一陣黑煙，
那下面生命之火正在熾燃。

分水嶺

觸著我的鞋尖的小水窪
向著北流，
流向遙遠而寒冷的海裡，
但那水窪旁邊的一堆積雪
卻向南流著，
流向……

風在窄狹陡峭的山路上吹著，大樹和灌木都被遺留在下面。這裡有的只是岩石和蒼苔，誰也不會在這裡尋找什麼，誰也不會在這裡擁有著什麼，就是農夫也不會來這裡割草或是砍柴。但是，遙遠的世界是令人憧憬造成的。它越過岩石沼池地和冰雪，通到別的山谷，別的市鎮，一些說著不同語言，住著不同人群的地方。

我佇立在這分水嶺上，路向兩邊下伸，水向兩邊奔流，一切都向著兩方面各尋出路，趨往兩個不同的世界。觸著我的鞋尖的小水窪向北流著，流向遙遠而寒冷的海裡，但那水窪旁邊的一堆積雪卻向南流著，流向里格里雅或是阿特里雅的海岸，然後入海，而那海的盡頭就是非洲。但是，世界上所有的水都會再匯合起來，「北冰洋和尼羅河在天上濃雲中聚會」，這古老諺語的美麗意想，使我眼前的時光神聖化了，一切道路都會把我們這些漫遊者帶回家鄉的。

現在我的眼睛還可以任意選擇，北方和南方都在我的視線之內。如果再走五十碼，南方就在腳下展開了。南方的風從青色山谷吹上來，是怎樣充滿著神祕呵！我的心怎樣隨著它在跳動呵！那湖沼和園林的影像，葡萄和杏子的芳香，新的渴望，新的故事，一齊被風吹上來了。

青春時代的記憶，好像遙遠山谷傳來的鐘聲。那當年初遊南方時一面在湖邊陶醉地呼吸著花園的空氣，一面向雪山後遙遠家鄉寄懷的夕暮呵！那在古代神聖的圓柱前初次的祈禱呵！那初見浪花飛躍的海時夢般的眺望呵！

現在，那種陶醉已經消失，那種希望所有我敬愛的人都能看見這美麗國土和我的幸福的心願也不存在了。我的心中，春天已過，現在是夏天了。異鄉的呼喚傳來，像和往昔有點不同。我的反應比以前冷靜得多，已不會把帽子拋到空中，也不縱聲高歌了。

可是，我在微笑，不僅是用口，而是用靈魂、用眼睛、用全身在微笑。我奉獻給這帶來芳香的國土的，是比以前更細緻更寧靜更敏銳更凝鍊更充實的感謝之情。因此，這裡的一切也更屬於我，它們以百倍的豐富充實向我傾訴。我的憧憬也不再向披薄紗的遠方塗抹夢的色彩，完全滿足於面前的一切，因為眼睛學會了觀看，世界比以前更美了。

世界變得越來越美麗。我是孤獨的，但並不因孤獨而苦惱，也沒有想改變的願望。我要把自己曝晒在陽光下，被炙也覺甘心，因為我渴望著成熟，準備著死去，希望著再生。

世界變得越來越美麗了。

夜行

夜晚我散步在塵埃。
高牆落下它的陰影

穿過葡萄蔓，我望見
月光正照在小溪上小路間。

以前唱過的歌又來了，
輕柔地再唱一遍。
數不清的旅行印象，
都來到我面前路上。

多少年的風雪炎熱
在我腳步中發出迴響，
有仲夏之夜藍色閃電，
有風暴和旅遊的疲倦。

褐色的健康世間的富有，
我覺得自己
再一次被吸引，
直到我的路轉向死的黑影。

小城

我們是把「愛」輕撒向
那些山城、那些深谷，
那些路邊的兒童，
那些橋上的乞丐，
那些牧場上的牛羊，
那些鳥雀和蝴蝶。

這是山南邊第一個小城。真正的漫遊生活由這裡開始了，開始我喜愛的那種沒有一定目標，逍遙地走在陽光下，絕對自由的漫遊生活。我非常願意從背囊裡取食物，讓褲子隨便地磨破。

我在一個園子裡喝著酒的時候，忽然想起些往事。巴索尼有一次對我說：「你的樣子真粗野。」──那是我們最後會面，他帶點嘲弄口吻對我說的話。當時有安瑞亞指揮的麥萊爾的音樂演奏，我和他一同坐在那常去的飯店裡，能望見他那有智慧光輝的蒼白脫俗的面孔覺得非常愉快。──為什麼忽然想起這個來呢？

我明白了！我想起的不是巴索尼，也不是安瑞亞和麥萊爾。那不過是記憶力要湧現悔恨時所施展的詭計了，先讓無關緊要的事輕易地浮上心來。現在我明白了！和我們同在那飯店裡的還有一位金髮女郎，明豔奪人，雙頰緋紅，而我沒有同她說一句話。安琪兒呀！我所能做的只是注視著你，那是苦惱，也是喜悅，呵，那一小時內我怎樣在愛著你呀！我又回到了十八歲的青春少年。

忽然間一切都清楚了，美麗光艷的金髮女郎呀，縱然我從不你的芳名，那一小時內我卻在和你戀愛；今天在這陽光照射的山城街上，我又愛了你整整一小時。不管誰曾愛過你，沒有人會比我愛得更深，也沒有誰會從你那裡得到更多更大的鼓舞之力。但我是不忠實的，我屬於那些風聲，不愛女人，只愛那「愛」。

所有我們這種漫遊者都是如此。我們的無家漫遊，從好的方面來說，就是愛和欲。漫遊的羅曼蒂克氣氛中，至少有一半什麼也不是而只是渴望冒險。另一半是另一種渴望——下意識地追求變換，解除情欲。我們漫遊者是很狡猾的——我們所發揮的這些情感都是永不能滿足。真實的愛要歸向一個女人。而我們是把「愛」輕撒向那些山城、那些深谷，那些路邊兒童，那些橋上的乞丐，那些牧場上的牛羊，那些鳥雀和蝴蝶。我們把愛的對象分開，對於我們單是愛已經夠了。同樣地，在漫遊中我們也沒有固定的目標，尋求的只是漫遊的快樂，純粹的漫遊。

年輕的女郎，新鮮的面孔，我不要知道你的芳名，我不要對你發揮我的愛，你並不是我愛的終點，而是覺醒它的開始。我把愛散布到路旁的花上，酒杯的閃光上，教堂塔尖的紅頂上。你使得我去愛整個世界。

呵，多麼愚蠢的喋喋不休呀！昨夜在山上小屋中我還夢見這位金髮女郎。我瘋狂地在愛著她，甘願放棄我餘生的一切，連漫遊的快樂都在內，只要能有她在身邊。今天我曾整天在想她，為了她，我在小本子上畫了這小城和教堂尖塔的速寫。為了她，我感謝上帝——她活在人間，我曾有幸會見。為了她，我要先寫一首歌，然後再喝這杯紅酒。

的確夠了。在這靜謐的南方，我初次的心境平和是由於懷念山那邊光艷照人的金髮女郎。多麼美呵，她那年輕的嘴脣！多麼美、多麼蠢、多麼不可思議——這可憐的生活！

迷失

夢遊的我在森林和峽谷尋找出路，
突然間有一魔術光圈圍著我閃耀；
不管我是在被讚譽還是在被咒罵，
我只忠實地追隨著那內心的呼喚。

多麼經常地那一般生活的現實
曾警告我說服我也去向它低頭；
我站在那裡驚醒戰慄
趕快匍匐著又走開了。

呵，他們劫持我離開的溫暖的家呀，
呵，他們使我心中煩惱的愛之夢呀，
我越過千山小徑又飛回來了
像那水奔流向海洋。

春天用歌聲把我帶進神秘，
夢鳥輕輕鼓動著光亮羽翅；
我的童年在前面好像新生召喚，
在陽光的金線和蜜蜂的美歌裡，
我發覺自己又依偎著母親哭泣。

橋

可愛的藍色白色的水，
繼續不斷地
從褐色的山上流下來，
它唱著古老的歌，
灌木叢中
也仍然坐滿黑色的鳥。

這條路通向山溪上的一座小橋，橋下有瀑布在湍流。有一次我經過那裡——事實上經過許多次了，但這一次非常特別。當時戰事還在進行，我的假期剛滿，要再去參加活動，要匆忙地走在鄉村小路和鐵道上，及時回到崗位上去。戰爭和任務，假期和歸隊，那些紅色和綠色的證件。那些大人物、長官、將軍、官僚機構——是怎樣難以信任的希望渺茫的一個世界呀，但它繼續存在著，並且健壯得足以毒害這土地，它那號聲能驅動詩人兼畫家——渺小的我，把我吹離了我的安全島。這是傍晚時分，那邊伸展著一片草地和葡萄園，橋下的溪水在黑暗中幽咽，潮濕的蘆葦在風中撕裂，縮小了的夜空在頭上展布，一朵玫瑰冷艷地開著，不一會螢火蟲要開始出現了。在這裡沒有一塊石頭不為我喜愛，沒有一滴瀑布水花不為我感激，因為它不是從上帝密室中落下的。但這一切都算不了什麼，我愛那潮濕沉重的灌木叢，只不過是一種可笑的感傷；現實是另外一回事。那是戰爭。戰爭的命令正在將軍和士兵口中喊著，我必須快跑，世界上所有從山谷中出來的成千上萬的人也必須和我同樣跑著，一個大時代開始了。我們這些可憐的服從的畜牲盡量跑著，時代也許會更偉大點。但在這旅程中，橋下的水在我心內歌唱，傍晚天空的倦容也發出迴響，每一樣東西都顯得狂亂不歡。

現在我們又在走著，每個人沿著他自己的溪流，走下他自己的街道，我們看見同樣古老的世界，灌木叢和草坡，我們用變得更靜默更疲倦的眼在看著。想起那些埋葬的朋友，我們所能知道的是，那應該是我們自己的不幸，我們正在承受著。

但這可愛藍色白色的水，繼續不斷地從褐色的山上流下來，它唱著古老的歌，灌木叢中也仍然坐滿黑色的鳥。沒有號角從遠方向我吹來，這大時代再一次組合著充滿奇妙的白天和黑夜，清晨和黃昏，中午和黎明，大地無不包容的心房繼續在跳動。我們躺在草地上，把耳朵貼著地面，或是依在橋欄上，眺望無盡的天空，這都是去聽的方法，那麼廣大寧靜的是大地之母的心，她的孩子就是我們。

但是經常用這種痛苦充滿著我的心，扭曲著我的生活的一切，有一天也都將歸於烏有。有一天筋疲力盡了，安寧將會到來，大地之母將把我們帶回家去。那不是一切的結束只是一種再生途徑，一次沐浴，一段睡眠，使陳腐的沉澱，使年輕新鮮的開始呼吸。

於是，帶著不同的想法，我將順著那些街道走去，去傾聽溪水的低語，去偷聽星空的談話，一遍一遍又一遍。

光輝的世界

不管是青春還是老年，

這意象經常把我糾纏；
夜色中一座山影隱現，
廊子上一位女人靜坐，
月下蒼白的路向前蜿蜒，
這撕裂著我的心想跳出胸腔。

燃燒的世界呀，廊上白衣的女人呀，
山上吠著的狗呀，遠遠駛過的火車呀，
你們是怎樣的說謊者，怎樣殘忍地騙過我，
現在竟變成我的最甜美的夢境和幻想。

我時常想試試「現實」那可怕的路向，

那裡有的是職業、法律、財富和時裝。
但是無可奈何地渴望自由，我又轉往
另一邊那個充滿夢想和可祝福的傻子的地方。

夜樹間的寒風，黑衣的吉普賽女人，
世界上充滿了愚蠢的渴望和詩人的氣息，
我總是轉回到光輝世界的一面，
因為那裡有你的光熱和聲音的召喚！

牧師住宅

宗教是用內在的優美、
仁慈、天使和聖事，
溫和地處理著一切。
像我這樣的人
要是住在這房子裡
做一個牧師，
將是多麼奇妙的事呵！

每逢經過這美麗的小屋，我便不由得感到寂寞和思家——渴望著寧靜安詳的小康生活。想那舒適的床鋪，窗外的花園和充滿香味的廚房，還有那書房、煙草和舊書。年輕時候我是多麼卑視和嘲笑宗教呀！現在才知道那是一種優雅適度法力無邊的訓誨，它不是可以衡量計算的鎖屑事物，它不是那用不停的戰火宣告勝利征服的狹隘世界史，宗教是用內在的優美、仁慈、天使和聖事，溫和地處理著一切。

像我這樣的人要是住在這房子裡做一個牧師，將是多麼奇妙的事呵！特別是像我這樣的人！但我也許正是適當的類型——穿著精緻的黑法衣，走來走去地對那果園的梨子架做著精神上象徵性的摸弄，對山村中的垂死者去作撫慰；用拉丁文去朗讀古書，對廚子作和顏悅色的吩咐，星期天穿過石板路到教堂去，隨走隨想著那很好的布道演講稿。我可不也正合適嗎？

壞天氣中我將生起火來，不時去依偎那青綠瓦爐，間或也站在窗前，對著天氣搖頭。

但是晴朗的日子，我會常到園中散步，修剪架上的葡萄，或是站在打開的窗口，眺望那些由灰黑轉變成玫瑰紅光的遠山。呵，我將親切地俯視著每一個從我這靜悄的房前經過的漫遊者，戀戀不捨地目送他、祝福他、稱讚他，因為他選了條比我這條更好的路，因為他是世界上真正的過客和朝聖者，而不像我似的在玩弄主和神。

或許我能成為這種牧師，但也許我會成為另外不同的一種——在沉悶的書房喝葡萄濃酒消磨黃昏，拖著沉重的腳踱步，或者突然從良心不安引起的惡夢中驚醒戰慄著，因為我對來懺悔的年輕婦女的不規矩舉動而感到罪過。也許，我會把那綠色園門鎖起來，讓教堂司事繼續地去按門鈴，並且為了我在世界上和教堂裡的地位，我一文錢也不奉獻，我會躺在厚沙發上不停地吸煙，一味地懶散。懶到晚上不願就寢，早晨不肯起床。

乾脆地說吧，我不會當真做牧師住這房子。我只會做一向無定性無家庭的漫遊者，像現在的我這樣。我永遠不會做一個真正的牧師，但有時可能做一個有點粗野的神學家，一位美食者，一位醇酒婦人的放蕩懶漢；也有時會做一個詩人，一個小丑；偶而滿心痛苦地想家著急。

所以這美麗的小屋對於我怎樣都好，無論是從裡面還是從外面去端詳那綠門那格子架，無論是從街上仰望那從事聖職者所住的窗口，還是從窗內俯視下面經過的漫遊者，全是一樣。我是住在裡面的牧師還是走在街上的漫遊者，那對生活有什麼關係呢？一切對我都是一樣——除了下面這幾件：我要在心內在口中在腳下，在我的欲望和苦難裡感覺生命的戰慄，我要使自己的靈魂成為流動的東西，能夠復原到千百種形態，把自己夢想成詩人和漫遊者，廚娘和凶手，兒童和野獸，特別是鳥雀和樹木，悠遊是必須有的，因為我需要它，有了它我才能生活下去。如果有一天失去這種可能，被陷入所謂「現實」中，那我情願死。

我靠在泉水邊上，把這有綠門的牧師住宅畫了一張速寫。我最愛這綠門和後面的尖閣。很可能我把門畫得太綠了點，把尖閣也畫得太高了點。沒有關係，主要的是在這一刻內這小屋成了我的家，有一天我會想到這牧師住宅感到一種鄉愁，雖然我僅只站在門外望過它，雖然我並不認識裡面住的任何一個人——但它會使我懷念，猶如真是我的家，一個有我的童年和歡樂的地方。因為在這一刻鐘內，我是一個孩子，我非常快樂。

田野

在這裡太陽照耀得
特別親切，
山光紅得特別深濃；
在這裡有栗樹、葡萄、
甜杏和無花果生長著，
居民純良有禮和友善，
儘管是相當窮苦。

在阿爾卑斯山南邊的小丘間，我又看見這可讚美的鄉村時，覺得好像從放逐中重返回家園，好像又一次到了應該到的山的一邊，在這裡太陽照耀得特別親切，山光紅得特別深濃；在這裏有栗樹、葡萄、甜杏和無花果生長著，居民純良有禮和友善，儘管是相當窮苦。他們製作的每一種東西都是那麼美好、那麼精良、那麼可愛，好像是大自然本身生產的。那房屋、那牆壁、那通到葡萄園的臺階、那小路、那苗圃、那支架——一切都是既不新也不舊，望去好像不僅是模仿自然的人工製作，而簡直是像田野樹木青苔一般生長在那裡的。它們一律都是褐色石頭製品，彼此風格相同，像親兄弟似的。在這裡沒有一種東西是生疏、敵對、或粗野的，各方面都呈現著溫馨、寧靜與和諧。

你可以隨心所欲地坐下來，在牆頭上、石塊上，或是草地上、土坡上；對於一個畫家和詩人的你，這些東西隨時都圍繞在四周，到處都有引起共鳴的美感和快樂圍在身邊。

這是農人成家立業的田地。他們沒有耕牛，只有豬羊和雞；他們栽種葡萄、玉米、水果和蔬菜。整個房屋都是石造的，連天花板和樓梯都是。到處有湖水藍光閃耀在農作物和石頭之間。

雜念和憂愁似乎都遺留在山的那一邊。生活在苦難的人和可恨的事之間，要想要愁的是那麼多！在那邊想找一個生存的理由是那麼困難和吃力，可是，不然的話一個人又怎樣活得下去呢？極端的不幸使人陰沉。但是這裡沒有糾紛，生存用不著維護，思想變成一種遊戲。一個人所發覺感受的：世界這麼美麗，生活這麼單純。如果說還有些渴望存留著，那是：我想再有一對眼睛，再有一個肺，再加長一點，那伸在草地上的腿。

我希望能變成巨人，把頭枕著阿爾卑斯山上的積雪，躺在羊群之間，用腳尖拍濺著山下的湖水。這樣子躺著再不起身，灌木從我的指縫生長，阿爾卑斯的野玫瑰開在我的頭髮上，我的膝蓋成了山下小丘，葡萄園散布在我的身上，還有房屋和教堂。這樣子躺上一萬年，仰望著天空，注視著湖水。我打噴嚏時，就有雷雨；我呼吸時，雪就融化，瀑就飛舞；我死去時，整個世界也就滅亡。然後我再旅行跨過世界海洋，去帶回一個新的太陽。

今晚我將到哪裡投宿？管他呢！世界在做什麼？管他呢！又有新神新法新自由？管他呢！但是在這山上有株櫻草在開著花，葉上有著白絨毛，輕風正在下面白楊樹間歌唱著，在我的眼睛和天空之間有暗金色的蜜蜂在盤旋哼唱——我關心的是這些。這哼唱是快樂之歌，永恆之歌，它唱的是我的世界史。

雨

向著那夢想和知足，
輕悄的雨，夏天的雨，

在灌叢間低語，在林木間低語，
呵，多麼可愛又充滿祝福！

在外面的光亮中過了這麼久，
我不習慣於這種動亂激變之情，
還是隨便躲在自己靈魂深處吧，
再也不要被帶到別的地方。

我什麼也不要，什麼也不想，
只輕哼著童年的一些歌唱，
驚異在夢想的溫馨美妙之中，
又到達了久別的家鄉。

心呵，你是多麼憂傷，多麼可感地一味耕耘，
什麼也不想，什麼也不知，
只去呼吸，只去感受。

樹

它們的枝葉
　在世間沙沙作響，
它們的根
　停留在無盡的地下，
但是並不在那裡失落，
它們用畢生之力去奮鬥……

對於我，樹是最能滲透人心的布道者。它們叢生著類聚著的時候，使我感到尊敬，它們獨自挺立著的時候，使我更加尊敬，因為他們像孤獨的人。不是像由於某種軟弱而離群索居的隱士，而是像勇敢的獨立孤行的偉人——一如悲多汶（**貝多芬**）和尼采。它們的枝葉在世間沙沙作響，它們的根停留在無盡的地下，但是並不在那裡失落，它們用畢生之力去奮鬥的只有一件事：依照自己的法則完成自己，樹立自己的規模，表現自己。再沒有什麼比一棵美麗堅強的樹更神聖更可作模範的。當一棵樹被砍倒，在日光下暴露著它的致命的傷痕的時候，人們可看到那橫切面上銘刻的整個歷史：它的年齡，它的疤痕，所有的掙扎，所有的苦難，所有的災病，所有的快樂和繁榮，都確實地記載著。有或窄或寬的年輪，有受襲擊的抗拒，有遇雷雨的忍受。每個鄉下小孩都知道那最堅硬最珍貴的樹木，有著最窄的年輪；在高山厄運重重的險地，才生長最稀奇最理想最不易毀滅的樹木。

樹木是聖廟。誰懂得怎樣對它們訴說和傾聽，誰就能獲知真理。它們不宣揚知識和教條，它們不作特殊限定的說教，顯示的只是永恆不變的生命法則。

一棵樹說：我體內藏有一粒種子，一星火花，一個思想。我是永恆生命的一種延續。永恆之母賦予我的冒險犯難的本能與眾不同，我的形態、皮膚、紋路以及枝頭的小葉，幹上的小疤都是獨特的，我的出生就是要以這些細微的特點來顯示永恆。我的毅力是信心。我不知道誰是我的父親，也不知那每年由我生出的上千子女，我從種子的神秘中出生，一直活到最後，別的什麼都不在意。我相信上帝在我心中，我相信勞動就是神聖，由於這種信心我生存。

當我們遭受打擊，覺得再也不能活下去的時候，樹也有些話來對我們說：冷靜吧，冷靜吧！看看我！生活不容易，生活也不艱難。你那些都是孩子氣的想法。讓上帝在你心中說話，你的思想會趨於平靜。你急躁不安是因為你的路離開了母親和家鄉。但每走一步，每過一天，你會重回母親身邊。家不在這裡，也不在那裡。家在你的心中，絕對不在任何地方。

每逢聽見樹在夜風中沙沙作響，漂泊的渴望就撕裂著我的心房。如果一個人久久靜聽，這渴望就暴露出它的根由，它的意思。它絕不是由於要逃避個人的苦難，儘管表面上有點像。這是一種對家的懷念，對母親記憶的難忘，對生命的新分裂的嚮往。它通往故鄉。每條路都指向著家，每一步是生，每一步是死，每一個墳墓是母親。

所以每逢我們有孩子氣的想法，樹就是夜晚沙沙作聲。樹有深長的思想，長的呼吸和休息，一如它比起我們來有著更長的生命。只要你在傾聽，就知道它比我們更聰明。當我們學會了怎樣去傾聽樹的說教，那短暫匆忙和孩子氣的急躁思想就成了一種無比的快樂。誰懂得聽樹就不必再要去做樹，什麼都不必想去做，只要做自己就行，那就是家鄉，那就是快樂。

畫家的快樂

田中長著玉米非常值錢，
鐵絲網把草地四周圍纏。
可怕的貧乏和貪婪互相關聯，
每樣事物都顯得幽閉可憐。

但在這裡，我眼中另有一些事物，
「表現著生活：紫羅蘭的花淚消退了。
王袍已滑落到寶座下，我在唱」
我那天真的歌曲。

黃色接連著黃色，黃色又靠緊著鮮紅
一片淡藍又轉變成嬌豔的玫瑰。
光亮和色彩從這一世界跳到那一世界，
嘻笑和迴響浮沉在愛的浪花裡。

這精神王國，能醫所有的病，
新生的春天發出綠的歌唱，
世界在分享那新鮮和意想，
人的心也在歡樂光明中生長。

雨天

潮氣在凝重的空氣裡
不停地升沉。
雲朵時時跌落消散，
而新的雲又永遠有著。
天上瀰漫著
躊躇不前的惡劣氣氛。

天要下雨了，湖上黑暗鬆軟的雲氣騷動不安地懸掛著。我正在靠近旅店的海灘上散步。有一種雨天是清新歡愉的，今天的卻不是這樣。潮氣在凝重的空氣裡不停地升沉。雲朵時時跌落消散，而新的雲又永遠有著。天上瀰漫著躊躇不決的惡劣氣氛。

總以為今晚對於我將有更多歡愉，可以在這漁人小店裡吃住一晚，在海邊散一次步，在湖中洗一次澡，或是在月光下游一次水。事實上代替這些的，竟是從病容沉沉的天空緊張發怒地落下傾盆大雨，灌注到湖裡，於是我也同樣緊張發怒地從黯然失色的景物中溜躲起來。這大概是因為我昨晚喝酒太多或太少了，要不就是做了煩惱的夢。天曉得事怎麼回事。心情邪惡，氣氛苦悶，思潮黯淡，世界上沒有一絲光亮。

今晚我將吃烤魚，喝大量的當地紅酒，我們將把一些開心的東西帶回世上，使生活較為好受。我們將在壁爐裡生起火來，不再看見和忍受這個懶散蕭條的雨。我將吸著長長的上好雪茄，對著爐火舉起酒杯，使它閃閃發光像血紅的寶石。我們將使一切盡量舒適，這一晚即將過去，我可以酣睡一夜，明天一切都將不同了。

雨點在沿岸的水面上飛濺，帶雨的寒風在潮濕的樹上亂吹。我們喝的湯中像被惡魔吐了口水，沒有一件事對勁，沒有一個聲音順耳，沒有一點歡樂溫馨。一切顯得荒涼憂傷和污濁。所有的琴弦都失去音響，所有的顏色都黯然消褪。

我知道為什麼會這樣子了。不是因為我昨天喝的酒，不是因為我昨晚睡的壞床，也不是因為這落雨天。是魔鬼來到這裡切斷了我的心弦。那童年惡夢中仙人故事中學童期的遭遇中的焦慮又重回到心頭。人世間是多麼乏味呀！一個人明天還要再起床再吃飯再活下去是多麼可怕呀！為什麼一個人要繼續活下去呢？為什麼我們這樣癡愚好脾氣呢？為什麼我們不早就投湖自盡呢？

不要逃避。你不能做一個漂泊者藝術家，又仍舊做一個穩健的公民，正常傑出的人。你要飲酒就要忍受宿醉。你對陽光和幻想說「不錯」，也要對骯髒和嫌憎說「可以」。一切在你心裡，黃金和污泥，快樂和痛苦，童年的歡笑和死亡的恐懼。接受一切，什麼也別躲避，不要撒謊自欺。你不是一個穩健公民，你不是一個希臘人，你不是和諧一致的自己的主宰，你是暴風雨中的小鳥。讓那風雨吹打吧！讓它把你驅趕吧！你撒過多少謊呀！在你的詩篇和書籍中，你有上千次扮演一個和諧的人、聰明的人、啟示的人。同樣地，那戰爭中的人們一面肚腸絞痛一面充作英雄。天哪，人是一隻多麼可憐的猿猴，一個怎樣的畫中劍客呀！特別是藝術家——特別是詩人——特別是我！

我將要吃烤魚，將要從厚玻璃杯中喝美酒，慢慢地吸那長雪茄，吐口水到火堆裡，想著我的母親，試著從焦躁憂傷中擠出幾滴甜蜜。然後躺到薄牆邊那張不舒適的床上。聽風聽雨，壓制著心的亂跳，期望著死，害怕著死，呼喊著上帝，立刻一切都成過去，直到惶惑自動解除，直到類似睡眠和安慰的東西招手走近。我二十歲的時候是這樣，現在是這樣，以後還要繼續這樣，直到最後為止。我時常一再地為我所愛的可愛的生活和美好的日子付出代價，一再地有這種日子到來，也同時有這種焦躁嫌惡惶恐，我要仍然活下去，我會仍然愛這生活。

呵，多麼卑鄙毒惡呀，那些掛在山頭上的雲！多麼虛假像鉛呀，那映在湖面的平光！一切都多麼愚蠢令人不快呀，一切都到了我的心中！

教堂

我從附近草地上
　採了些花放在這教堂前，
我坐在高屋頂下的
　矮圍牆上，
在清早的靜謐中
　哼著我的虔誠之歌。

教堂

這座有著玫瑰紅色傾斜屋頂的教堂，準是由一位情感細緻的好人，一位非常虔誠的人設計建造的。

我時常聽說如今再也沒有虔誠的人了。這就像隨便地說如今再也沒有音樂沒有藍天一樣，我相信還是有虔誠的人存在著。我自己就是虔誠的，不過不是經常如此。

虔誠之道是人各不同的，在我是出自過失和悔恨，出自個人的自苦，出自嚴重的愚蠢。我是個精神自主的人，知道虔誠是種靈魂之病。我是個苦行者，常用指甲掐自己的肉。我不承認虔誠表示健康和平靜。

虔誠就是信仰，信仰屬於單純健康無害的成人和兒童野人。我們這些既不單純又非無害的傢伙只能用間接方法尋求。相信自己是信仰的開始。建立信仰並不在於因果報應，不在於罪孽和惡念，也不在於懊喪和犧牲。這些奮力是屬於外在的上帝之事。我們應該信的是我們心內的上帝。不對自己說「不」的人，就不能對上帝說「是」。

呵，親切可愛的異鄉教堂呀！你用的標誌和神的格言不同於我的，你的信徒的祈禱我也聽不懂，但我照樣可以向你祈禱，像對那橡樹林和草原祈禱一般。黃色白色或玫瑰紅色的花朵都出自綠色枝葉，像春天唱著青春歌詞。對於你，每個祈禱者都是神聖的可以接受的。

祈禱像歌唱一樣神聖一樣純潔。祈禱是信心是聖徒。真誠祈禱的人並不做任何要求，只是述說情形和需要，唱出忍受和感謝，像小孩子的歌謠一般。所以那張叫作比薩墓園的世界名畫裡一位可讚美的隱士在為鹿群中的綠洲祈禱。所以樹會祈禱，獸也會祈禱。在一位好畫家的筆下，每棵樹每座山都在祈禱。

任何出自虔誠的新教徒家庭的人，都要經過一條長路去尋找，才能找到像這樣子的祈禱。他們知道的是良心地獄，是人格分裂的死亡痛苦，他們領略了各種矛盾痛苦絕望。後來沿途走去，才驚訝地發現在荊棘路上尋找的祝福得來是如此簡單、天真和自然，不過這些荊棘路不是毫無價值的。一個旅行歸來的遊子絕不同於那一直留在家中的人，他會愛得更親切，對於正義和偏見要求得較為開明。正義是屬於那留在家中的人的一種原始人的古老道德，對年輕的我們沒有用處。我們只知道一種快樂：去愛；只知道一種道德：去信。

像你們這些教堂，我羨慕你們那些信徒那些教友，幾百個崇拜者向你傾吐他們的苦難，幾百個兒童為你們編織花環帶來蠟燭。但是我們這些長途跋涉者的虔誠和信仰是孤單的。那古老的信仰已不適合做我們的同伴，世界洪流已從我們的島嶼流過去了。

我從附近草地上採了些花——有櫻草、苜蓿、樓斗菜——放在這教堂前，我坐在高屋頂下的矮圍牆上，在清早的靜謐中哼著我的虔誠之歌。帽子放在褐色牆頭，一隻蝴蝶飛上去休息。遙遠的山谷中，火車的汽笛隱約鳴叫。遍地皆是的灌木叢上，晨露還在閃耀。

逝去

從那生命的樹上
葉子紛紛落到我的身旁。
呵，世界正歡欣得發狂，
為什麼你竟然使我充滿
使我充滿疲倦，
又使我沉沉飲醉！
一切今天還在發光的
轉眼也要消逝不見。
不久風聲沙沙作響
要掠過我荒涼的墳上，

對著弱小的孩子，
母親俯身在凝望。
她的眼睛我正願意望見，
她的目光是我的星星。
別的一切都能出現又消散
什麼都會死去，什麼都能解除，
只有永恆的母親亙古常在，
我們是從她那裡來，
她的手指寫出我們的名字
歡騰在飄浮的空氣之中。

中午的休息

我把大衣鋪在草上墊著頭，
注視著我那一縷煙的奉獻，
升上光明的天空。
這裡像有著
　音樂演奏和慶祝，
我想起了
　記在心中的一些歌。

天空又在光明地笑著，空氣跳躍著流過每樣東西上面。這遠方的陌生地方又屬於我，異鄉變成故鄉。湖邊靠樹的那一帶，今天又是我的了；我在那裡畫了一張鄉間小屋的速寫，有牛有雲。我還寫了一封不打算寄出的信。此刻我打開午餐袋：有麵包、臘腸、乾果和巧克力。

附近是一片樺樹林，地面上布滿枯枝敗葉。我想搭一個小營火，把它當作伴侶相偎而坐。我走到那邊去，撿了一抱柴木，下面放上紙，點起火來。稀薄的煙輕盈快樂地裊裊上升，火焰的紅光在中午的陽光下奇異地閃爍。

臘腸很好吃，明天我還要再買一些同樣的。天哪，我多麼想有幾粒栗子來煨烤！

吃完午餐，我把大衣鋪在草上墊著頭，注視著我那一縷煙的奉獻，升上光明的天空。這裡像有著音樂演奏和慶祝，我想起了記在心中的一些歌。但記起來的並不多，甚至記不清歌詞，只反覆地哼著那曲調，最可愛的是「想到異鄉流浪的人們」和「呵，親愛的，忠實的琵琶」。這兩首歌充滿憂傷，但這憂傷只像一片夏雲，後面仍是信心和陽光。這是伊德夫作的，在這類歌中他是在莫瑞克和林納之上。

假使母親現在還活著，我會想念她，想把一切告訴她，像她坦白說出她想知道的關於我的事情。

但是走來的是一個十歲大的黑頭髮女孩，經過這小營火和我身邊時，接受了我給她的幾粒乾果和一塊巧克力。靠著我在草上坐下，開始用兒童的一本正經的口吻，對我說著她的羊和她的哥哥。相形之下，我們這些大人是多麼像小丑呀！她要回家了，剛才是出來給她父親送飯的。她嚴肅有禮地說著再見，移動著穿了羊毛襪子和木屐的腳走了。她的名字叫安妮綏塔。

火熄了，太陽已漸漸降落。我今天還想走很多路。包紮行囊的時候，我又記起伊德夫的另一首歌，跪在那裡唱著：

匆匆，呵，多麼匆匆，安靜時刻就要來臨，
當我也休息時，身上會有沙沙聲音，
響著那些樹的可愛的孤伶，
像我一樣在這裡沒個人知。

我第一次發覺到，就是在這一段可愛的歌裡，憂傷也僅僅是一片雲影。這種憂傷不是別的，只是一段逝去的樂音，沒有它的指引，美的事物不會感觸到我。它並沒有痛苦。我在旅途中帶著它，心滿意足地疾行在更遠更高的山路上，遠遠的下面是一片湖水，經過一條種著栗樹的磨房小河和一個休息的風車，然後一直向著靜靜的蔚藍天空走去。

漫遊者和死亡的交談

有一天你也要到我身邊，
絕不會把我來遺忘寬免。
那時一切痛苦算完，
任何桎梏都將崩斷。

現在你和我似乎還很疏遠，
親愛的弟兄，死呵！

你像一個冷冷的星光，
高高站在我的煩惱之上。

有一天你會和我面對面，
渾身全是火焰。
來吧，親愛的，我在這邊。
帶走吧，我是你的。

湖・樹・山

小漫遊者醒來
還在想著那天使，
他傾聽著樹葉的波動，
傾聽著起落在
金色河水上的靜靜的生命。
山在那邊望著他，
山上站著……

曾經有一個湖，湛藍的湖水邊上，一棵黑綠的春天的樹長向蔚藍的天空，樹後的藍天靜靜地休息在拱起的山頭。

一個小漫遊者坐在這樹下，黃花瓣落在他的身上，他睏倦地閉起眼，一個美夢從那黃花樹上飄了下來。他是一個孩子，聽他母親在後院裡唱歌。他看見一隻蝴蝶翩翩飛舞，又黃又鮮，印在藍天上像一個黃點。他在蝴蝶後面追逐著，跑過草原，跑過小河，跑到了湖邊。蝴蝶在發光的水上飛著，孩子也跟著輕鬆地飛過去，快樂地穿過了那湛藍水面。太陽照著他的翅膀，他飛在黃蝴蝶後面，飛過了湖，飛過了高山，上帝站在山頭唱歌，周圍是一群天使，有一位天使很像孩子的母親，拿著一罐水在澆一個鬱金香花床。孩子向著那天使飛去，他自己也變成了天使，擁抱著他的母親。

小漫遊者擦了擦眼睛又閉一會，他採了一朵鬱金香別在他的母親胸前，又採了一朵戴在她的頭上。天使和蝴蝶一齊飛著，世界上所有的鳥獸和魚也都在那裡。他一叫它們名字，它們就到他的手上，成了他的。它們甘願被逼問再被放走。

小漫遊者醒來還在想著那天使，他傾聽著樹葉的波動，傾聽著起落在金色河水上的靜靜的生命。山在那邊望著他，山上站著穿褐色長袍的上帝在歌唱。可以聽到那歌聲越過水面。那是一支簡單的歌，混合著幾種聲音，有樹的力量的流動聲，人心血液的循環聲，還有小河的水流聲，像來自夢中，灌注到他的身上。

於是他自己也緩慢遲疑地開始唱了。他的歌完全不成腔調，只像風的呼嘯、浪的拍打或是蜜蜂的嗡嗡亂哼，這是對那遠遠在唱的上帝和樹間在唱的小河的呼應。

這漫遊者唱了很久，像藍鐘花在春風中振動，像蚱蜢在草叢裡奏樂。他唱了一小時，也許一年。唱得像個小孩，像個上帝，唱蝴蝶，唱母親，唱鬱金香，唱湖，唱他自己和樹身上的血。

他繼續往前走著，不知不覺走進了溫暖的鄉村，他漸漸又想起他的正途、他的命運、他的名字，甚至記得這是星期二，那邊經過的火車是到米蘭。但是他仍聽見遠遠的歌聲越過水面。在那邊穿褐色長袍的上帝繼續在唱，但漸漸地這漫遊者聽不見了。

色彩的魔術

上帝的呼吸，無處不到，
天空的上面，天空的底下，
光唱著它的歌有一千遍，
上帝把世界變成數不清的顏色。

從白色到黑色，從暖色到冷色，
憑自己的感覺隨時有新的變換，
並且永遠從那頭暈目眩的紛亂，
彩虹又升起來了。

「上帝的光就是這樣子
散布著千百種形態
一起在復新而又成形
我們珍愛它稱為太陽」

有雲的天空

周圍一點風也沒有，
但天上一定有風
在吹著，
才把一塊塊的亂雲
紡成了一絲絲的線縷。

矮灌木在岩石縫裡開著花，我躺在草地上仰望那蓋滿緩緩飄動的薄雲的天空，已經望了幾個小時。周圍一點風也沒有，但天上一定有風在吹著，才把一塊塊的亂雲紡成了一絲絲的線縷。

像潮氣從地面上升，雨水向地面降落，相互配合著一種節奏，像四季的循環，潮水的漲退，有一定的時間和順序，我們內心的動盪也是依照著法則和規律。有位弗力滋教授，他統計某些數字的級數來說明精力活動的定期反覆，聽起來有點像神秘哲學，但神秘哲學也確是知識。這些德國教授們拿來尋開心的事，正是它的很好注釋。

我畏懼著的那些生命暗潮總是定期來臨。說不清日期和次數，因為我不曾連續寫日記，我不知道也不想知道是二三和二七還是別的數字同它有關係，只知道在我靈魂中時時無緣無故升起暗潮。陰霾籠罩著世界，像雲影遮蔽著天空一般。歡樂變成虛假，音樂也陳腐可厭，什麼都顯得沮喪，活著還不如死去好。這種無名憂鬱像襲擊一般時時來臨，說不清有多久的間隔，我的天空便蓋上一層雲影。開頭是一種焦躁預感或一個夜間夢境在心內騷擾。我本來喜愛的人們、房屋、色彩、聲音都變得可疑和虛假。音樂使我頭痛，所有信件令人心煩，像藏著暗箭。這種時刻，和人交談簡直是受罪，談了一會就要吵嘴。為了這種時刻，一個人會後悔沒有買下手槍。怒氣苦惱和怨恨到處去發洩，對人，對動物，對天氣，對上帝，對正在翻閱的書頁，對身上穿的衣料。但那些被遷怒的對象毫無反應，怒氣煩躁和怨恨又彈回到自己身上。其實，我才是應該恨的人，是我把煩亂和怨恨帶給世界的。

過了這樣一天之後，我正在休息著，這一會兒的休息早在期待之中的。我知道世界是多麼美麗，至少有些時候，它對於我比對於任何人更顯得美，色彩結合得更細緻，空氣流動得更可愛，光線照射得更柔和。我知道為了這些享受，我必須付出那些難受日子的代價。治療沮喪倒也有良藥：就是唱歌、虔誠、飲酒、奏樂、作詩、漫遊。我靠這些良藥過活，一如隱士靠他的祈禱度日。有時候我的天秤似乎有點傾斜，好時刻和壞時刻不能維持平衡；但有時候又發覺那傾斜的方向正相反，經過一番奮力，好時刻增加，壞時刻減少了。我永遠不願意有的，就是在最惡劣心情下不希望有的，是那介乎好壞兩者之間的平庸境況。我寧願忍受角度尖銳的更大痛苦，再享受由它而來的更豐富光輝的幸福時刻。

絕望的暗潮退去了，生命又歡欣起來，天空又美麗起來，悠遊更有意思起來。在這種回來的日子裡，我感到一種有點像病後康復的心情：疲弱而不憂傷，忍受而不怨恨，感激而不自卑。生命線慢慢地又在上升。我又在哼一段歌，又在採一朵花，又把手杖當作玩具。我又已經克服了它。以後還要再克服，或許還要克服很多次。

再說是不是這靜靜紛擾著的有雲天空，映進我的靈魂而在反射？是不是我從這天空上，領悟到自己內在生命的意象？這很難作絕對肯定的答覆。有時一切都是完全不肯定的。在某些日子裡，別人認為世上沒有誰比我更能確切地認識雲天的氣氛、色彩的情調、霧氣的芬芳，事實上我以詩人兼漫遊者的經驗敏感也確能做到。但是接著又會像今天這樣，完全失去自信，懷疑著自己是否真正看過、聽過、嗅過什麼，是否我信以為真的並非事物脫去外表的本身真相，只不過是我自己內心的想像？

紅房子

紅房子，
從你那小花園和葡萄園上，
整個的阿爾卑斯的南方
向我吐著香氣。
我經過這裡已有好幾次，
第一次經過時……

紅房子，從你那小花園和葡萄園上，整個的阿爾卑斯的南方向我吐著香氣。我經過這裡已有好幾次，第一次經過時，我這漫遊者就銳利地記起相反的極端：犯了老毛病，想有一個家，在綠園子中有一座小房子，到處靜悄悄，下面才有村莊。在一個小房間裡，向東放著我的床；在另一個小房間裡，向南放著我的書桌；在那裡可以掛上我早期旅行中買的一張叫聖母像的小古畫。

像白天是處在早晨和黃昏之間似的，我的生活也陷在旅遊和懷鄉的縫裡。也許有一天我會走得更遠些，遠到旅行和距離變成了靈魂的一部分，那麼我就只在心裡保留著他們的意象，而不再想把他們實現了。也許我會找到心內秘密的家，那裡將無須有什麼花園和紅房子來娛悅自己，就能怡然自得。

生活將會怎樣不同呵！不過，無論怎樣的生活都要有中心，才會生出一切力量。

但是我的生活沒有中心；它是遊蕩在許多方向和相反的兩端之間。在這裡渴望著家，在那裡又渴望著流浪。在這裡渴望著孤獨和修道院，在那裡又渴望著親愛和社團。我收集著書籍和圖畫，又分贈了別人。我和逸樂邪惡打過交道，又為苦修贖罪甘心放棄。我把生活當作實體，誠心誠意地崇敬過，接著又認為我能體念和熱愛生活不過是種本能。

但是改變自己不是我力所能及的事，只有神的奇蹟才行。誰抓奇蹟，誰就能抓到；誰想強求，它就溜走。我要做的是在許多極端之間遊蕩，準備著等奇蹟來遇到我。我所做得是永遠不滿，忍受不安。

萬綠之間的小紅房呵！我已經和你住過了，不能再繼續住下去。我已經有過一個家，蓋過一所房子，衡量牆壁和屋頂，鋪築花園小徑，把自己的畫掛在自己的牆上。每個人都是生來要做這同樣的事——我很高興自己也這樣子生活了一次。生活中的許多欲望都實現過了。我想做詩人，我做了；想有一所房子，我建造了；想有妻兒，我有了；想對大眾說話影響他們，我說了。每一樁實現都是一種滿足。但滿足正是我所不能忍受的事。詩對我成為可疑，房子對我顯得狹小。沒有目標是我要達到的目標，每條路都不過是臨時便道，每一次休息都產出新的渴求。

許多臨時便道我仍要沿行，許多的完成仍會使我覺醒。有一天，每件事都會顯示出它的意義。

矛盾消失的地方，生命之火也就熄滅。我心內那可愛的渴望之星，還在光明閃爍。

傍晚

傍晚有情侶散步，
慢慢穿過田野。

女人鬆下她的頭髮，
商人在計算他的金錢，
城裡人急忙地讀著報紙
讀那最後的新聞，
孩子們握著小拳
睡得又沉又甜。
每個人都有他自己的真實，
追隨著各人的神聖責任。
城裡人，小孩子，情人們——
可不還有我？
是的，我也有傍晚的功課，
對於它，我像個奴隸一般，

缺少了成熟的精神不能去做，
同時它們也有著深意，
所以我起身來回踱步，
在屋內手舞足蹈，
唱著愚蠢的街頭之歌，
讚美著上帝和我，
喝著酒又假裝作
我是一個土耳其官員，
擔憂著自己的腎臟，
又微笑著喝下了更多，
對我的心說著「好吧」，
從過去的苦難中

這在清晨將失效
隨便湊出一首詩。
望著那圍成一圈的月亮和星星，
猜著它們的運行，
覺得自己也到了其中，
正在走的旅程
到哪裡都行。

青春・美麗的青春

——附錄——

滿地花草像含笑一般的盛開著，
我們一面緩步慢行，
一面談說著歡樂的事情，
多少熟悉的親切的道路、
果園和樹林，
沿途不斷地招呼著我，
逝去的時光像一度又回來了……

對於我的歸來，連莫薩斯叔叔都在用他那獨特的方式表示著高興。本來，一個青年人在國外住了幾年之久，忽然頗有成就的回家來了，這時，就是最淡漠的親友也會歡喜地微笑著來同他握手的。

我那裝滿外來貨的褐色小皮箱是新買的，有著堅固的鎖扣和光亮的皮帶。裡面裝著兩套衣服，一些內衣，一雙新鞋，一些書和照片，兩個漂亮的煙斗和一枝小手槍。皮箱之外，還有一個裝著小提琴的匣子和塞滿雜物的背包，兩頂帽子，一根手杖，一把雨傘，一件外套，一雙套鞋。所有這些東西都是又好又新。尤其是在我貼身衣袋裡，還有著兩百多馬克的存款單和一封答應在秋天給我一個國外好職位的聘書。這可說是一個相當可觀的行裝。現在我就是帶著這些裝備和幾年的遊歷經驗回來了，以一個見過世面的人物回到了自己的家鄉，而當年離開它的時候，我曾是個被人視為頑劣的孩子。

火車以爬行般的速度蜿蜒地駛下山坡，每轉一個彎，那下面城裡的房屋、街道、河流、花園便顯得更近了一點，更清楚了一點。不久，我竟分辨出一座一座的屋頂，在其中找出我所熟悉的來，又不久我竟數出了窗戶的數目和認出了鸛雀的巢。這時我那整個的童年生活和無數珍貴的家的記憶，都從那山谷內向我浮了上來，剛才那種衣錦榮歸、妄自尊大的心思漸漸消失，本來要向下面所有的人們大事炫耀一番的欲望，變成了對他們感到親切的驚喜。幾年來已經不再困擾我的思鄉之情，在這最後的一刻鐘內竟向我強烈地襲來。每一叢靠近車站的金雀花和每一個熟悉的花園圍牆，對於我都變得出奇的可愛。我在心裡向所有的家鄉人要求著，請他們寬饒我竟會曾經忘記了這些，並且沒有著它們過活了這麼久。

火車經過我們家花園上面的時候，我看見有個人站在那座老房子最高層的窗口揮動著一條大毛巾，那一定是父親。廊子上站著母親和女僕也在招呼著，煙囪口上冒著的淡藍輕煙和煮著咖啡的香味散布在溫暖的空氣裡，把整個小城籠罩著。這可愛的一切，又屬於我了，它們曾經一直等著我，此刻正在歡迎著我。

站臺上那個有鬍子的站員還是像從前那樣激動地跑來跑去，驅散著靠近鐵道的人群。而就在這人群中我看見了妹妹和弟弟正在東張西望地尋找我。弟弟還帶了當年我們非常寶貴的手推車來為我裝行李。

我把箱子背包都放了上去，弟弟推著車子，我和妹妹跟在後面走。她怪我頭髮剪得太短了，但認為我的鬍子留得很漂亮，稱讚我那新皮箱很別緻。我們說笑著、相望著，並且一再地握手，又對在前面推車的弗瑞茲弟弟點頭招呼，他也時時回轉頭來注視我。他已經同我一樣高，體格發育很好。我望著他的背影，忽然想起小時候我常常為了爭吵而動手打他，他那孩童的面孔和生氣悲傷的眼睛，又浮現在我面前，我也又感到從前常有那種怒氣一消隨之而來的懊惱。但是現在走在前面的弗瑞茲是高大健壯，顎下已經有了淡褐色的鬍子。

我們走下那條櫻花大道，經過一座高橋，一個新店鋪和許多古老沒有改變的房屋，在那橋頭轉彎處，就是我們家的房子了。窗戶敞開著，傳出那老鸚鵡的喃喃聲。我的心為了種種的記憶和歡樂在劇烈地跳著，我穿過那陰涼的石頭門洞，走完那寬闊的石板路，連跑帶跳地登上臺階。父親已走下來迎接我，他吻著我，又微笑著拍我的背，然後默默地拉著我的手，一同走向上面的門廊。母親等候在那裡，把我拉到她的懷中。

接著是女僕庫瑞絲婷跑上來同我握手，然後我們一齊走進已經擺好咖啡的起坐間去。我首先去看望那隻鸚鵡寶萊，它立刻便認識了我，從籠架跳到我的指上，並且低下它那美麗的灰頭接受我的撫摸。這間房子是新裱糊過的，但房裡每一樣東西，從祖父的畫像，裝瓷器的櫃子到那隻刻有古老花紋的高座鐘，都還保持著老樣子。咖啡已經擬好在桌上，我的杯子旁邊放有一小束木樨草，我拿起來戴到衣襟上了。

母親坐在我的對面，一面端詳著我，一面把柔軟的麵包捲放到我的碟子裡。她叫我不要說話太多，那會忘記了吃東西的，但是接著又一個接連一個地問我些必須回答的問題。父親靜靜地傾聽著，撫摸著他那已經灰白的鬍子，帶著一種慈祥的打量神氣，從眼鏡裡注視著我。當我述說著自己的經驗、行動和成就的時候，不由得感覺到我最應該感謝的就是這兩位老人家。

第一天內，除了這可愛的老家，我什麼都不要看，做別的事，以後還有的是時間。喝完咖啡之後，我們便到所有的房間去看看。廚房、走廊和幾個臥室，幾乎每一樣東西都還是從前的老樣子，那很少的幾處我發覺革新了的地方，對於別人也好像早已成了熟視無睹的老樣子，他們甚至在爭辯著是不是我在家時就已經改了的。

那小山坡兩邊有爬滿長春藤牆壁的花園裡，陽光正照在粗糙的石灰石圍牆上、整齊的小徑上、半滿的水桶上和那美麗鮮明的花圃上，使得每樣東西都在微笑著。我們坐在廊下舒適的椅子上，陽光透過紫丁香花的葉子，幽靜溫暖綠意盎然地射進來。有幾隻找不到窩的蜜蜂，轉來轉去嗡嗡地在叫，使人感到昏沉而又陶醉。為了我的歸來，父親光著頭站在那裡做感謝主恩的禱告，我們也都靜靜地站立起來，雖然這不尋常的莊嚴使我的心情有點掃興，但還是很覺有意思地聽著那些古老神聖的字眼，並且虔誠地說了「阿門」。

父親回到他的書房，弟弟妹妹跑到外面去了，家中成了一片寂靜，只有我和母親對坐在廊下桌旁。這是我一直渴望的一刻，但也在怕它到來，因為儘管我回家來是這麼受歡迎，而我在外面幾年來的生活，並不是絕對純潔天真的。

現在母親用她那美麗溫柔的眼睛對我望著，在打量我的臉色，也許她是在思量著來問些什麼。我困惑不安地坐在那裡玩弄著自己的手指，準備著接受考問，我的答案雖然不會全然可恥，但總有些小地方是要感到羞愧的。

她靜靜地對我的眼睛注視了一會，然後拉起我的手來，握在她纖小美麗的手中。

「你還有時候做點禱告嗎？」她溫和地問我。

「最近沒有做過。」我只好這樣回答。她露出一點煩惱的樣子，停了一下說：

「你會再學著做的。」

「也許吧。」我說。

她沉默了一會終於說：「你總要做個正直的人，是不是？」

對於這問題，我是可以肯定答覆的。她總算放心了，不再追問什麼，只一面撫摸著我的手一面對我點頭，那意思像是說他完全相信我，雖然我還不曾向她告白一切。接著她便問起衣服、洗濯之類的事，因為最近這兩年我完全獨立生活，不再把衣服帶回家裡來洗補了。

「明天讓我幫你把所有的東西都理一遍。」她的查問就此結束了。

不一會妹妹跑來，要我和她一同進屋裡去。到了客廳裡，她在鋼琴前面坐下來，拿出我們從前常用的歌本。對於這些，我已很久沒有唱過，但也沒有忘記。我們唱了舒伯特和修曼的歌曲，又唱了些本國和外國的民謠，一直唱到吃晚飯的時候。妹妹去收拾飯桌，我便去和鸚鵡談話。這隻鸚鵡能說很多話，它能模仿我們每個人的說笑聲音，並且對我們有著分別不同的友誼。最親密的是父親，他要它怎樣就怎樣，其次是弟弟，再其次是母親，再其次是我，最後是妹妹。

這鸚鵡是我們家中養的唯一玩物，好像成了小孩子們中間的一分子，它和我們共處已有二十年之久了。它愛聽人們的談話、笑聲和音樂。只要不是太靠近它。每次隔壁房間有人在很起勁地談話，它就聚精會神地傾聽著，並且插一兩句嘴或是善意地嘲笑幾聲。有時候完全沒人理會它，它孤獨地蹲在橫木上，到處靜悄悄的，陽光溫暖地照進屋來，它會用一種深沉而滿意的調子讚美起生活和上帝來。它的歌喉有點像橫笛，莊嚴敦厚而又深沉，就像一個在玩耍的孩子無心唱出來的歌聲一樣。

晚餐之後，我花了半小時的工夫去灌溉花園，回房裡去的時候，一身都是泥水。在路上我便聽見有個很熟的聲音在房裡說話，我趕快用手帕把手擦了擦乾淨，走進去。那裡坐著一位穿淡紫衣服、戴大草帽、高高的漂亮的女孩子。她起身望著我，伸出手來的時候，我才認出是海倫，她是妹妹的朋友，有一個時期我曾愛過她。

「你還認得我呀！」我沾沾自喜地說。

「蘿蒂告訴我你要回來了。」她高興地這樣說著，但我心裡是寧願她簡單地說個「是」字才好。她的確長得又高又漂亮了。但我想不出什麼話來說，便走向窗口去看花，她和母親、妹妹在閒談。

我的眼望著街上，手捏弄著天竺葵的葉子，但我的心卻到了另外一個地方了。那是一個很冷的冬天傍晚，在兩旁長著赤楊樹叢的河面上，我在滑冰，小心地滑著一些弧線，在我面前是一個剛學著滑的女孩被另一個女孩扶著在練習。

她的聲音比以前來得響亮深沉了，雖然聽起來還有點耳熟，卻對我完全陌生了。她已經變成一位高貴的小姐，但我覺得和她的年齡身分一點也不相稱，這毋寧說，我覺得自己好像還是當年的十五歲。她走的時候，我又同她握了一次手，而且不必要地深深一鞠躬，說著：「晚安，海倫小姐。」

「原來她又回家來了。」我過了一會說。

「不回家到哪裡？」妹妹很驚奇地問，我趕快打岔去談別的話了。

剛到十點，房門便鎖起來，父親母親都要去睡了。當父親吻著我說晚安的時候，他攬著我的肩膀輕輕地說：「真高興你又回家來了。你也高興吧？」

家中每個人都睡了，連女僕也早就對我們說過晚安了，幾陣房門開關的聲響之後，無邊的沉寂便籠罩了整個房子。

我預先為自己預備了一杯啤酒冰鎮在那裡，現在取來放在我房間裡的桌子上，並且因為起坐間是不准吸煙的，這時我才裝了滿滿一斗煙在燃吸著。我那兩個打開的窗子正對著黑暗寂靜的前院，那裡有上坡的石級一直通到花園。向高處仰望，只見松樹的黑影映在天空上，星光在那頂上閃爍著。

我在房裡坐了有一個多鐘頭，一面望著燈蛾的飛旋，一面把吸的煙向著窗口噴去。數不清的家庭和童年的一長列的記憶，在我心裡靜靜地順序浮現著，像那湖面的水波一般。浮起，閃光，然後逝去。

第二天我穿上我最好的服裝，表示著我對於家鄉和故舊的敬意，同時也是說明著我在外面混得很好，並不是落魄回來的。在我們這峽谷上面，天空又亮又藍，那盤旋在山壁上的白色大道不時揚起一陣塵霧。附近的郵局門前停著從鄰村來的郵車，街上的小孩在玩著彈珠。

我散步中首先走到的地方，是這城中最古老的石橋，站在那上面我眺望了一會那座從前經過不知幾百次的小小的天主教堂，然後又伏在欄杆上審視著那急流的小河的兩岸景物。從前那座屋角上畫著白車輪的磨坊不見了，代替它矗立在那裡的是一所新建的高大磚房。但除此之外，再無別的改變，還是像舊日一樣，有無數的鵝鴨在水裡漂游著，在岸上蹣跚著。

在橋頭上我遇見了第一個熟人，是一位做皮革商的往日同學。他望了又望像是不大認識我了，我向他點了點頭也便走開了，看見他還再回頭望我而竭力追想是誰的樣子，很覺有趣。

我從店鋪的窗戶和那有一大把白鬍子的銅匠打著招呼，他停下工作給了我一捏鼻煙。從那裡又走到有噴泉和市政大廳的方場上。那位賣書老頭的鋪子還在那裡，雖然過去因為訂購海涅的作品，他對我印象很壞，但我還是走進去了，並且買了一枝鉛筆和一張風景明信片。從這裡到學校不遠了，經過時，我望了那房子一眼，好像在大門口都聞到了那熟悉得令人害怕的教室氣味，我鬆了一口氣，趕快離開它，往教堂和牧師住宅去了。

這時候我已經盪了好幾條狹小街道，並且進理髮店刮了一次臉，將近十點了，可以去看望莫薩斯叔叔了。我穿過一個漂亮的院子，走進他那美好的房屋，在陰涼的通道中我彈了彈褲管上的灰塵，然後才輕扣起坐間的房門。在那裡看見了嬸母和兩位堂妹，叔叔已經到辦公室去了。這家庭中每樣東西都發散著一種純潔的舊式的勤勉精神，雖然有點嚴峻刻板，但也給人沉靜安全的感覺。這是一個永遠在洗滌、刷掃、編縫和紡織的家庭，然而那兩個女孩子仍然找出時間來學習音樂，並且學得很好。彈唱都會，也許她們不太知道時髦的作曲家，但對於韓德爾、巴哈、海頓和莫札特是很熟悉的。

嬸母跳起來歡迎我，堂妹也把針線放好，站起來同我握手，使我覺得有趣的，是把我當貴賓似的請到客廳裡去。更有趣的是嬸母一時躊躇起來，不知要給我斟了一杯酒好，還是請我吃什錦點心好。最後她在我對面的空椅上坐下來，堂妹們又回另外房間繼續工作。

這時我又有點像接受那在昨天才被母親問過的考驗了。不過在這裡我也是無須過分掩飾那些不太完美的事實。嬸母對於一些著名的布道家是非常景仰的，最後終於向我打聽起我住過的那些城市的教堂和牧師來，這卻使我有點著慌，好在一會兒我們便把話題轉到一位十年前去世的有名的教長身上，很惋惜地說如果他不死的話，我在司培各特就會聽到他的布道了。

隨後話題又轉到我的運氣遭遇和前途方面，結論是我交了好運，現在發跡了。

「六年前誰會想得到呢？」她感慨地說。

「當時我真的那麼壞嗎？」我忍不住地問。

「不，也不能說怎樣壞，不過那時你父母確實為你很煩心的。」

「我也很煩惱呢！」我想這樣說的，但又想她總是好意，我犯不著再爭論些已經過去的事了。

「的確是吧。」我於是點著頭說。

「聽說你在外面也試過不少行業呢。」

「是的，一點也不錯，但我並不懊悔。就是現在的這一職務，我也不打算永久做下去的。」

「別這麼說！當真的嗎？怎麼才有這麼好的一個位置就說這話？一月有將近兩百馬克的薪水，在一位青年人算得上不錯的了。」

「嬸嬸，誰知道這能做多久呢？」

「看你說話多怪，只要你好好地做，當然就會永久做下去的。」

「好，但願如此吧。現在我要上樓去看萊迪亞姑母，然後到辦公室去看叔叔。再見啦，嬸嬸。」

「好，再見。真高興看見你，你一定再來玩呀。」

「當然要來的。」

我對在起坐間的兩位堂妹也告了別，到了門口又再對嬸母喊了聲再見。於是我爬上一條明亮寬闊的樓梯，假如說剛才我是呼吸著一種舊式的氣氛，而現在可說進入一個更古老的境界了。

樓上的兩個小房間裡，住著我的祖姑母，她用古老的禮儀殷勤接待著我。那牆上掛著曾祖父的水彩畫像和用米珠鑲著山水花卉的荷包，還有一些橢圓形的鏡框，同時散布檀香水的古老而細緻的香味。

祖姑母穿著一件式樣單純的紫袍，除了視力欠佳和頭有點微搖之外，她還是很矯健的。她讓我坐下之後，並沒有談那些遙遠的過去，而竟是詢問著我的生活和意見。她對每樣事情都感到興趣，注意地聽著我所說的一切。她雖然年紀老了，房屋裡充滿著古舊的氣息，但她在兩年之前，還是常出去旅行的。對於永遠變動著的世界，雖然不盡贊同，但她有清晰的頭腦，並不全然憎惡地接受著一切，而且願意隨時充實刷新著她的觀念。同時她有著優雅動人的談話天才，你和她坐在那裡，話題永遠不會中斷，而且永遠是愉快有趣的。

我離去的時候，她吻著我，並做一種祝福的手勢，那是我從未見到別人做過的。

我到辦公室去看莫薩斯叔叔，他正坐在那裡看新聞紙和表格，我曾決定不坐下，談一會就走的，而莫薩斯叔叔也無意留我。

「你終於又回到家鄉了！」他說。

「是的，回來了，離家很久了。」

「聽說你現在混得很好，是嗎？」

「還不錯，謝謝您。」

「你要去看看你嬸母吧？」

「我已經去看過了。」

「噢，已經去過了。好孩子，那麼，好極了。」

說著又低頭去看他的表格，並且向我伸出手來。當他的手伸對了方向，接近我時，我便趕快握了握，心滿意足地出去了。

拜訪完畢，我回家去吃午飯，為我特別做的有米飯和小牛肉。飯後弟弟把我拉到他的房裡，那裡還有著我過去收集的蝴蝶壓在玻璃板下。妹妹也想加入我們的談話，從門口探頭進來，但弟弟神氣活現地把她趕走，說：「我們有秘密要談。」

他觀察著我的臉色，看見引起我的好奇心來了，便從床底下拿出一隻盒子來，盒蓋是一塊洋鐵皮押著幾塊石頭。

「你猜裡面是什麼？」他狡猾地低聲問我。

我想到過去我們喜歡的玩意來，便猜道：「蜥蜴。」

「不是。」

「小蛇。」

「不對。」

「毛蟲？」

「不，不是活的東西。」

「不是活的東西嗎？那為什麼蓋得這麼嚴？」

「比毛蟲危險多了的東西。」

「危險？火藥？」

他沒有回答只是揭開了盒子蓋，果然裡面放著各種精緻的藥粉袋和火炭、火絨、裝火管、硫磺塊、硝石和鐵末。

「嗯，你看怎麼樣？」

我知道如果父親曉得在他孩子的房裡藏著這樣一盒東西，他一定會嚇得整夜不能閉眼的，但是弗瑞茲此刻是望著我的微微吃驚而滿臉高興，得意非凡。說起來，對於這個我也應負一份責任，因為過去我也是非常愛玩爆竹的。

「你願意參加一塊做嗎？」他問道。

「當然願意，我們可以在夜間到花園裡放，是不是？」

「當然可以。最近我用半磅炸藥做了一個手榴彈，在城外放的時候像地震似的。不過，現在錢用完了，好多材料要買。」

「好，我加入三馬克的股份。」

「夠勁！我們可以做火箭炮和爆竹了。」

「但是你要小心呀！」

「小心？我從來沒事。」

這使我想起一個很壞的經驗，就是當我十四歲時，為了玩爆竹，差一點弄到失明或喪命。

這時他又把一些他試做的東西拿給我看，把我也帶進了他最近的想像和試驗之中，引起了對於他要做的東西的好奇心，並且樂意和他共同嚴守秘密。這整個中午休息時間，他便是做這件事一直做到去上班。他一走，我剛把那些東西推到他的床下去，蘿蒂便進來了，她約我去和她和爸爸散步。

「你覺得弗瑞茲怎樣？」父親說：「他長成大人了，是不是？」

「嗳，是的。」

「就是有點太嚴肅，你說是吧？他終於漸漸地脫離了孩子氣。嗳，我所有的孩子都長大了。」

聽了父親的話，我不無多少慚愧之情。但那是一個陽光燦爛的午後，滿地花草像含笑一般的盛開著，我們一面緩步慢行，一面談說著歡樂的事情，多少熟悉的親切的道路、果園和樹林，沿途不斷地招呼著我，逝去的時光像一度又回來了，那麼甜蜜、那麼璀璨，好像往日的一切都是美好的。

「現在我要問你一點事情，」蘿蒂說，「我本來想邀請一位朋友來這裡住幾個星期的。」

「邀請了嗎？哪裡來的？」

「從奧穆來的。她比我大兩歲。你說怎麼樣？現在你回家來，是件大事，所以一定要問問你，她來了是不是會打擾你。」

「她是怎樣的人？」

「她曾參加過教員考試……。」

「呵，天哪！」

「一點也用不著喊天，她是很可愛的，並不是女道學，一點也不。實在說，她也沒有去教書。」

「為什麼沒有去？」

「這要你親自去問她了。」

「那麼她是就要來了？」

「傻瓜！這全在你怎麼說呢。你如果覺得只自己一家人團聚著好，她就以後再來玩，所以我要問你呀。」

「那麼讓我用銅錢決定一下。」

「你既然沒意見，就直接說『可以』好了。」

「好吧，可以。」

「好，我今天就寫信給她。」

「也代我問候一下。對啦，她叫什麼名字？」

「安娜。」

「安娜是個聖者的名字，但不夠響亮，也許是因為不能再變出親暱稱呼來的緣故。」

「那麼你是更喜歡人叫『安娜絲塔夕亞』了。」

「是的，那可以縮短成『絲塔亞』或『絲塔亞兒』來叫。」

這時我們已經走到小山頂上了，但那裡還有一個比一個高的平臺，接連向後伸展著。站在一塊岩石向下望，我們剛才經過的梯田，都很奇怪地縮扁了形體，梯田下面就是城市，再下去就是峽谷了。在我們背後呢，是黑森林無邊地向遠處展開著，只偶然有幾塊青葱的草地、穀田和那濃郁的黑色做著鮮明的對照。

「的確，沒有一個地方像這麼美麗的。」我沉思地說。

父親注視著我，微笑地說：「孩子，因為這是你的家鄉呀！再說，它美麗也是真的。」

「爸爸，你的老家比這更美嗎？」

「不。不過無論哪裡，只要是你度過童年的地方，一切都是美好神聖的。

我的孩子，你在外面也曾想過家吧？」

「是的，有時候想過。」

就在附近林邊上，是我小時候常來捉野兔的地方。稍遠一點那邊，一定還留著我們小孩子用石塊堆成的堡壘。但是父親走累了，稍微休息一下，我們便從另一條路下山去了。

我非常想多知道一點海倫的情形，但怕露了自己的心事，總不敢提到她的名字。處在寧靜懶散的家居生活中，又還有著幾星期的假期在前頭，我這青年人的心又開始為渴望和計畫一點羅曼史而激動著。這只要找個藉口就可進行，但我就是缺乏這勇氣，越是為她的年輕貌美的影像襲擊，就越感到坦然問她的近況的困難。

我們慢慢地向家中走著，沿途採了大把的野花。這是我很久沒做的事了。在我們家中，母親曾建立了一種風氣，就是不但用盆養花，同時在所有的桌上和櫃上也都插著花。這些年來已收集了無數各種各式的玻璃的、陶瓷的瓶子，我們小孩子出去散步很少不帶花草樹枝之類回來的。

在我這幾年中好像就沒有見過野花似的。因為那些野花當你經過時用欣賞的眼光望去，覺得它們像是那一片青綠世界的彩色島嶼，和當你哼著歌蹲下來打量著它們要選最好的來採折的時候是完全不同的。我找到了一種隱藏的小植物，它的花使我記起了在學校時遠足，還有一些是母親特別喜愛曾給它們起了渾名的。同樣的花現在都還能找到，並且每一種都喚醒我一個記憶。每一個花萼上都像托著我童年的歡樂，在用一種不尋常的親切神氣對了我的眼睛望著。

在我們家中被稱為沙龍的房間裡，立著幾個松木的高書架，上面橫七豎八地堆著我家幾代積儲的書籍，毫無系統，也無人整理。當我還是很小的小孩子時候，曾在那裡找來讀了魯濱遜漂流記和格里佛遊記，接著轉向航海冒險之類的故事，後來又讀了很多更富於文藝性的作品，知道了司各脫、巴爾扎克、雨果……這些作家。並且那些較古老的書上都有著生動的木刻或銅版的插圖，也是出自名家之手的。

現在，晚上如果沒有家庭演奏，或是我不和弗瑞茲合做爆竹的時候，我就從這寶庫裡取一兩本書帶回到自己房裡去，一面吸煙一面翻閱著我祖父母曾經翻閱過的黃黃的書頁。弗瑞茲曾把一本金普爾作的小說拿去捲了爆竹，當我讀完了第一、二冊找第三冊時，他才不得不供出了他犯的罪過，但還硬說那本書已經是破得不成樣了。

那些晚上總是充滿了歡笑和快樂。蘿蒂彈琴，弗瑞茲吹笛，我們一齊唱歌。媽媽講我們小時候的故事。老鸚鵡也離開它的籠子不肯睡覺。父親坐在窗下為他的小侄兒貼一本剪貼。

可是偶然有一晚上，海倫走來閒談個把鐘頭，我也不覺得討厭。我常很驚異地一再望著她變得多麼成熟、多麼美麗。每次她到了的時候，那鋼琴上的蠟燭總是將近燃完了，她加入到我們的二重合唱中，我唱得很低，因此可以聽清楚她所唱的每一個字音。我站在她的背後，望著她那褐色頭髮在燈光下閃著金光，並且看見她唱時肩膀的微動，心裡想著如果我的手指能觸摸那頭髮，將是多麼美妙的事呀！

我說不出理由地總覺得我們還為往日的一些記憶聯繫著，因為我是曾經愛過她的，雖然當時自己還不能確定。現在她的冷淡態度使我感到微微的失望。再沒想到這關係是單方面的存在的，而她什麼都不知道。

後來，她告辭要走了，我拿起帽子陪她走到玻璃門前的時候。她說：

「晚安。」但我沒有握她伸出的手，而是說：「我要送你回去。」

她笑了起來。

「呵，不用，謝謝你。你知道這裡不興這樣呀。」

「不興嗎？」我說著只好讓她走出門去。但是這時妹妹忽然拿起她那有藍緞帶的大草帽來喊著說：「我也去。」

三人一同走下臺階，我急切地打開那沉重的大門，我們步入溫暖的昏暗之中。慢慢地走著，經過了橋和市場，然後走到海倫父母所住的小山上。這兩個女孩子一路上談說不停，我傾聽著很高興自己也成了這三重奏的一分子。有時我故意走得比她們還慢，假裝是看星星和天氣，這樣落後一步我可看出她的頭頸多麼挺直，她的步伐多麼堅定，他的身軀前進得多麼平穩。

到了她家門口，她和我們握手便進去了。在大門關閉起來之前，我還看見她的帽子在夜色中閃耀了一下。

「嗯，」蘿蒂說，「她實在是個很好的女孩子，你說對不對？她好像有種說不出的甜勁。」

「的確是的。噢，你那女朋友的事怎樣了？她就要來了嗎？」

「我昨天給她去信了。」

「噢，我們從原來的路回家嗎？」

「呵，我們可以走花園那邊的路。」

我們向著花園圍牆外的窄草地走下去，那裡凹凸不平又有著圍牆上伸出的木樁，在夜色朦朧中，要很小心地走著。

差不多要走到我們的花園了，已經望見我們家起坐間射出的燈光，忽然有一種低低的「嘶嘶」的聲音，把蘿蒂嚇了一大跳，原來是弗瑞茲躲在花園裡迎接我們。

「站定了看！」他一面對我們喊著，一面用硫磺火柴點著一根導火管向著我們走來。

「又玩爆竹？」蘿蒂責罵著他。

「不太響，」弗瑞茲向她保證說，「是看的，這是我的發明呀。」

我們等候著那引線燃完，便看見一些火花開始射出來了，弗瑞茲高興得滿臉是笑。

「來了，先是白火花，接著一聲響，就成了紅火花，然後是非常好看的藍火花。」

但他的期待並未實現。相反地，一陣細微的火花之後，一聲巨響，一團白煙，他的發明便宣告終結了。

蘿蒂大笑起來，弗瑞茲顯得非常沮喪，我趕快去安慰他，那白煙悠閒地飄浮在夜晚的花園裡。

「我們看見了一點藍火花的。」弗瑞茲開始強辯，我表示著承認。他細述著製造的經過和應該成功的情形時，幾乎眼淚都要流出來了。

「我們將再試一次。」我說。

「明天嗎？」

「呵，不，弗瑞茲。下個禮拜吧。」

我實在可以說明天的，只是我一心想著海倫，陷入了一種快樂夢想，覺得明天晚上也許她會來玩，並且也許會忽然對我表示好感的。總之，我這時的心是被一些對於我比任何火爆發明都更重要的事情吸住了。

我們一齊穿過花園走回家去，看見父親母親還在起坐間裡。生活的一切顯得那麼單純自然，好像就該如此，絕不會有另外一種樣子。可是，到了若干年後的現在，什麼都不同了，而且和我距離得那麼遙遠了。現在，我那老家對於我像是已不存在了。那房屋，那花園，那走廊，那些親切的房間、家具、圖畫，那大籠子裡的鸚鵡，那可愛的古城，那整個山谷，對於我都變成了生疏的，不再屬於我了。父親和母親已經去世，我那兒時的家庭，除了回憶和鄉愁之外，已經什麼都沒有了。再也沒有引我回到那裡去的路了。

晚上十一時左右，我坐在那裡看一本很厚的小說，而油燈開始昏暗起來。燈頭變得發紅並且發出聲響，我把燈芯轉上轉下地查看著，原來是油已燃完。

我那小說將不能繼續看下去了，實在令人抱憾，但在這到處都黑洞洞的家中，此刻是無法去尋找燈油的。

於是我吹熄了那冒煙的燈，滿腹不快地上了床。外面暖風在吹著，草地上有一隻蟋蟀在叫，我睡不著又想起海倫來了。對於這位高貴美麗的女孩子，除了明知失望還是想看到她之外，我別無所求，這種想念是快樂的也是痛苦的。一想起她的面貌、她的聲音、她那堅定而又有韻致的腳步，我就覺發熱而又自卑。

我終於又跳下床來，因為實在燥熱得不能入睡，我走到窗口那裡向外望著，蒼白的月亮正在一些稀疏的雲片後面浮著，院中蟋蟀仍在叫著。這時我一心想做的事，就是出去做個把鐘頭的散步。但大門是十點鐘就上了鎖的，如果在那以後開大門，那等於說發生了不尋常的事故，再者我也不知鑰匙在哪裡。

我又記起從前自己還是個少年的時候，有時認為我們的家庭活太專制了，夜晚常帶著犯罪的意識和冒險挑戰的心情偷跑出去，到那很晚還開著門的酒店裡喝一杯啤酒的事。那時出去總是由通花園的門口，翻牆跳到草地上，再繞到街上去。

天氣那麼暖和，用不著多穿衣服，我只穿好長褲，提著鞋子，赤腳偷溜出去。翻過牆外，我便到那夜深人靜的鎮上緩步慢行起來，最後是沿著那閃著月光發著輕語的小河，向上游走去。

一個人夜晚起床跑到戶外，在寂靜的天空之下，緩流著的小河之旁，這有說不出的神祕感觸動著靈魂的深處，好像接近了人類的原始，感到自己和動物、植物的相似關係。引起一種房屋還未發明之前原始生活的記憶，那時人類還是無家的流蕩者，把森林、河流、山岳以及狐狸、老鷹都看得和自己平等，能像朋友一般愛它們，像仇人一般恨它們。還有，夜晚能轉變人類群居生活的習慣感覺，當燈火全熄人聲全無的時候，一個仍然醒著的人會感到和大家離開的孤寂。這時那最可怕的心情，那無可逃避的孤獨，那獨自在活著，獨自在忍受憂傷、恐懼或死亡的感覺，便到了我們的每個思想之中。這對於年輕體健的人不過是一種暗示和警惕，而對於年老體弱的人卻是著實的可怕。

我也有了一點這種感覺。至少我的滿腔不快變成安靜的沉思。想到我念念不忘的美麗的海倫，她也許從未想念過我，覺得非常痛苦，但我知道這不得償報的愛的憂傷絕不會毀了我，因為我有種模糊的預感，覺得人生，這神秘的人生中，比起一個年輕人假期的憂傷來，是有著更黑的深淵和更壞的變遷的。

但是，無論如何，我那激動的熱血在暖風的吹拂下，還是沸騰著。深夜的散步仍不能使我感到倦意和睡意，於是在河岸草地上一面走著一面脫去衣服，投身到那清涼的河水中。急速的水流立刻使我不能不做奮力的游泳，游了一刻鐘之後，心裡的沮喪和憂鬱被沖洗得一乾二淨，覺得有點寒冷和疲倦了，上岸找回衣服，滿是水地穿進去，輕鬆愉快地回家上床去睡了。

經過了最初幾天的激動，我漸漸地也習慣了家居的寧靜平淡的生活。當我在國外的期間，是怎樣地這裡那裡地流浪著，有時做工，有時做夢，有時發憤讀書，有時縱情享樂，一會是麵包牛奶的生活，一會是書籍雪茄的日子，隨時接觸的都是不同的人物。而現在這裡的一切都是二十年前的老樣子，這裡的日子，一天又一天，都是以同樣平靜的速度進行著。而我這久已和它們疏遠，習慣於變化刺激的人，想不到重新投入其中，竟是如此融洽，好像我從未離開過一般。我對於這些曾經全然忘懷的人和事深深地感到興趣，而對於曾經重視的外面世界絲毫也不想念。

每天的時光像夏日的浮雲一般輕飄飄地過去，不留一點痕跡。但每一個過去的日子都像一幅彩色的圖畫，一種激動的感覺，一個高揚的音符，響起而又很快地夢似的消失。我灌溉花園，和蘿蒂唱歌，和弗瑞茲玩爆竹，和母親講述外國地方，和父親討論最近的世界大事，自己獨處的時候便讀些文學名著，一件完了接著另一件，進行得那麼和諧而又有趣，雖然全是些無關緊要的事。

這時候對於我比較重要的，是我和海倫的關係，但這也像其他的事一樣，在心裡忽隱忽現，並不十分執著，而常常使我在寧靜中深深體味到的只是一種生活的喜悅，就像在平靜的水中順流而游，沒有目的，也不急忙；用不著費力，也無須乎操心。樹林裡樫鳥尖聲在叫著，野生的漿果熟了；花園裡玫瑰開花了，蓽菜長得像火樣紅。這一切之中，好像都有我的份，覺得這世界是如此光輝美好，同時想著將來，我長得更成熟更老練時，不知生活又使人覺得怎樣。

有一天下午，河裡漂來一個大木筏，我跳到上面，躺在一堆木板上，順流而下地漂浮了好幾個鐘頭，經過一些田野，一些村莊，並且穿過幾座橋洞。上面是流動的空氣和夾著雷聲的烏雲，下面是潺潺的清水泛著雪白的浪花。我想像著是拐誘了海倫同行，我們手攜手地互相把沿岸風光指點著叫對方欣賞，而且我們將這樣子一直漂到荷蘭。

水筏流到山谷裡面了，我才趕快跳到深達胸口的水中涉到岸上去，但在走回家去的路上，打溼了的衣服不久就被體熱烘乾了。重回到城裡第一座房屋前面，我感到筋疲力竭的時候，竟遇見了海倫，她穿著一件紅色上衣，我對他舉了舉帽子，她點了點頭。我又想起我那白日夢來，夢想中怎樣和她手牽手地沿河玩下去，怎樣一面行走一面談心，在現實對照之下，夢想的一切都破碎了。這天整個晚上，我都覺得沒精打采，自認是個愚蠢的夢想家。不過臨睡前，我還是吸著那刻著兩隻鹿在吃草的漂亮煙斗，讀小說讀到十一點。

第二天傍晚，大約八點半的光景，我和弗瑞茲兩人輪流背著一個很重的包袱，走上山去。那包袱裡面裝的是一些巨型爆竹，三個火箭，三個大的手榴彈和一些其他的零碎小東西。

那溫暖的空氣呈著淡淡的藍色，天上布滿碎碎的流動的雲，輕輕飄過教堂的尖塔和小山的峰頂，還不時遮蓋了傍晚第一顆出現的蒼白的星。我們爬到山上先休息了一會兒，低頭俯視著那狹窄的暗淡的河谷。當我看到我們的小鎮和鄉村的小橋、磨坊和兩旁長著灌木叢的小河時，一種矇矇矓矓的心情以及對那美麗少女的懷念在心內交織著，我真希望能獨自坐在那裡等待月出。但那是不可能的，弗瑞茲已經把包袱打開，並且就在我的背後放了兩個爆竹，嚇了我一跳。他是用一根繩子把它們連起來，用竹竿挑著在我耳邊放的。

我有點生氣，但是弗瑞茲笑得那麼大聲，那麼開心，使我也很快地被感染跟著大笑起來。我們接著又很快地連續放了三個特別強力的手榴彈，傾聽著它們在整個山谷中發出的爆炸聲和那滾滾不絕、很久才消逝的迴音。然後又放了些爆竹和小花筒以及一個大的旋轉炮，最後是慢慢地放出一個特製的火箭，望著它衝到當時已經完全黑暗了的天空去。

「你知道嗎？放出這樣子的好火箭，簡直像是對上帝的崇拜，或是像唱一支美麗動聽的歌，你說是不是？它是這麼樣的莊嚴。」弗瑞茲引用了很多詞藻，這樣說著。

在回家的路上，我們把最後一個爆竹向著人家院子裡的一隻很髒的狗丟去，惹得它因為害怕而在我們後面叫了有十五分鐘之久。我們興高采烈、兩手烏黑地回到家裡，活像兩個無惡不作的小流氓。但是到了父母面前時，我們卻在盛讚著我們那可愛的黃昏散步，那美麗的山谷景色和那星光閃爍的天空。

一天早晨，我正站在窗口清除我的煙斗，蘿蒂喊著跑過來：「我那女友今天十一點就到這裡了。」

「是安娜嗎？」

「是的。你同我一起去接她，好不好？」

「好吧。」

我對這位客人的光臨並不怎樣特別高興，可說連想都沒去想過，但也沒法推辭不去接她。在快到十一點時，我們便往車站去了，到了那裡時間還早，便在車站前面來回地走著。

「也許她會坐二等車呢。」蘿蒂說。

我疑訝地望著她，沒有作聲。

「也許會的，因為她的家境很好，雖然她並沒有闊小姐的派頭——」

我不禁感到一陣寒慄，想像著一個時髦矯飾的小姐帶著一大堆行李走出車廂，然後發覺我父親那舒適的房屋是那麼寒傖可憐，而我這人也一點不合她的意。

「如果是坐二等，希望她到別處去下車才好。」

蘿蒂很生氣，正要尖刻地回答我，火車已經進站，並停了下來。她很快地跑過去，我慢慢地跟在她後面，她的女友從三等車裡走出來，手上拿著一把灰綢傘，一個旅行袋和一個不大不小的箱子。

「安娜，這是我哥哥。」

我說了聲「哈囉」招呼著。如果由我自己替她拿行李不知她將怎樣想，因此那箱子雖然很輕，我還是把它交給了紅帽子，然後我陪著兩個女孩子一路進城去。我很奇妙她們會有那麼多話要互相傾訴，但我是有點喜歡安娜了，儘管她的不大漂亮使我有點失望，然而她那愉快、安詳、充滿自信的神氣和聲音是可以彌補這缺憾的。

我至今還記得母親在玻璃門邊迎接她們兩人的情景。母親是會相面的，如果她敏銳地看了你一眼之後，面露微笑地歡迎，那就等於說你準備著在這裡過一段快樂日子吧。我至今還記得她是怎樣注視著安娜的眼睛，然後點點頭伸出雙手把她摟到懷中，沒有說一句話就使她覺得好像在自己家中一樣了。至於我那怕外人來打擾的顧慮也很快就消除了，因為她在剛開始成為我們家中一分子的時候起，就很親密地接受了這雙手奉獻的友誼。

用我年輕時候所有的智力，我第一天便斷定了這位性情愉快的女孩子，有一種天真自然的穩健，也許她對於人生知道的並不太多，但是個值得一交的朋友。當我還不知道她是有著那樣一般人稀有的寧靜的快樂氣質。

在當時我那生活範圍內，是難得遇到這種像知己似的可以談論人生和文學的女孩子。以前我對於妹妹的女友不是作為戀愛的對象，就是當作無足輕重的傢伙。現在竟能和一個年輕女孩子毫不拘束地交遊，而且還能把她當作自己的朋友似的談論各種話題，在我真是件新鮮有趣的事。但是儘管我們的友誼是多麼坦白，而在她的聲音、言談和思想中，我仍然感覺得出那種女性的溫柔甜蜜。

無意之間，我很慚愧地注意到安娜是怎樣安詳熟練地投身於我們的生活中，並且接受我們的生活方式和習慣。我以前假期中把朋友帶回家來作客，總是特別加以招待，而他們還常顯得有點彆扭不安。就是我自己剛回家來的頭幾天，也是有點自以為了不起似的，對於有些事情流露出不習慣的神氣。

有好幾次我很驚訝安娜竟那麼不需要別人照顧。還有，在談話中我偶而表現得很粗魯，也不見她有不高興的樣子。在這方面，海倫是多麼不同、多麼相反呀！對她，即使在最親密的談話中，我除了仔細想過的尊敬的字句外，什麼都不敢用。

在這期間，海倫常常來看我們，而且好像是很喜歡我妹妹的女友。有一天，我們通通被請去參加莫薩斯叔叔的園遊會。那裡有咖啡、糕餅，還有醋栗酒。休息的中間，我們做些無傷大雅的孩子們的遊戲，或者沿著花園小徑去散步，因為穿戴得整齊，行動也比較規矩了。

每逢看到海倫和安娜在一起並且互相交談，我便覺得很奇怪。對於那望去永遠那麼美麗的海倫，我只能談些浮泛的話，而和安娜在一起的時候，卻能談論任何有趣的話題。不過，當我為了和她交談得輕鬆愉快而生出無限敬意的時候，又會為另一個遠較她漂亮的女孩把視線移開，同時那漂亮女孩使我著迷卻又對我不滿地離去。

我的弟弟弗瑞茲感到說不出的厭煩，他吃完手裡的蛋糕之後，便提議做些比較粗野的遊戲，可是有的我們不會玩，有的我們不感興趣。得個空，他把我拉到一旁，抱怨說這個下午真過得沒意思。當我聳聳肩表示著無可奈何的時候，他又告訴我說，他口袋裡裝著一個爆竹，打算在女孩子們依依不捨地說再見的時候來放它，這使我大吃一驚，費盡脣舌才算勸住了他。他獨自走到那花園中最偏僻的角落裡，去躺在醋栗樹叢下。

我的兩位表妹倒是很容易對付，因為她們不曾被寵壞，對於早已不新鮮的笑話，還是聽得津津有味。莫薩斯叔叔在喝過咖啡之後就退出了，嬸母老和蘿蒂在一起，也愛拉住我問東問西，直到我告訴了她一點醃漬草莓的秘訣之後，才滿意地放我走開。我很高興地加入到那兩個女孩子中間去，但談話動不動會中斷，這時我常常暗想著為什麼和自己心愛的女孩子談話這般困難呢？我對海倫實在想表示一點敬意，但不知怎樣做才好。最後我去採兩枝玫瑰花，一枝給海倫，一枝給安娜。在我的假期中，這是最後的一天清朗的日子。第二天我便聽說海倫近來是某某家庭中的常客，不久就要宣布訂婚了。這消息是和別的閒話偶然一起傳來的，我聽了之後，很小心地不露聲色。這雖是尚未證實的謠傳，並且我也從未對海倫存有奢望，仍覺是一重大的打擊，心煩意亂地回到家中，一直奔向自己的房裡。

在青春活躍的情況下，悲傷是不可能長久的。最初幾天我拒絕著任何娛樂，只在樹林中孤獨地散步，在屋子裡煩悶地繞圈子，或是把窗子關起來斷斷續續地拉小提琴來消磨黃昏。

「怎麼啦，我的孩子？」父親把手搭在我的肩上問。

「夜裡沒睡好。」我很誠實地回答，但並不想多說下去，這時他卻講了些後來常使我憶起的話。

「夜裡失眠。」他說，「的確是很討厭的事，不過如果有事可想，也還好忍受。一個人躺在那裡睡不著的時候，很容易變得煩躁，心思因而更轉向一些困惱的事上，其實我們也能用意志去想些好念頭的。」

「真的能嗎？」我有點懷疑，因為最近幾年來，我總懷疑著自由意志的存在。

「能，的確能。」父親加重語氣地說。

我至今還清清楚楚地記得，當苦悶而陰沉的那幾天過去後，我又一切照舊，不再覺得悲傷，可以和別人去一起生活。在下午喝咖啡的時間，大家都坐在起坐間裡歡笑暢談，只有我仍保持著沉默而不參加裡面，雖然我心裡早已暗暗渴望和人談天歡笑。但像一般年輕人那樣，我曾誇張地把自己的悲傷用沉默和無理的頑固感情包圍起來，而家中其他的人為了遵守家庭的習慣，也曾小心地不來打擾我的壞脾氣，因而現在我竟像沒有勇氣去拆除這道牆了。既然不久之前，我認為自己的感情是了不起的重要，此刻就是厭煩了，也仍然要假裝下去，但是，結果使我非常慚愧的是我的傷心竟只維持了這麼短的時間。

突然間，我們那喝咖啡時間的寧靜為一陣急速雄壯的喇叭聲所打破，那挑戰似的音調使我們都跳了起來。

「又演習了！」妹妹吃驚地喊著說。

「那倒好得很呢。」

「軍隊又要住到我們這裡來了。」

大家都衝到窗口去張望，在正對我們的院子上，有一大群孩子圍在那裡，中間是一穿大紅衣服的號兵騎在一匹白馬上，他的號角和制服在陽光下閃閃發光。這位了不起的人物吹號角的時候，抬頭向所有的樓窗望著，他有一張褐色的臉和一大把匈牙利人的鬍子。他繼續無目的地吹著他的號角，直到所有的窗口都擠滿了觀眾，他才放下他的工具，摸摸鬍子，左手放在大腿上，右手控制著那不肯安靜的馬，然後發表著演說。說他和他那舉世聞名的馬戲班是路過這裡，預備在城裡停留一天，為應市民的熱烈要求，決定這天傍晚在靠近沼澤的草原上來一次慶祝的演出，節目有馬的表演、平衡動作，還有一場啞劇。成人的入場券是每張二十個弗尼，小孩半價。宣布完畢，再吹一次他那閃光的號角便騎馬走了，跟在他後面的是一大群孩子和一陣白白的灰塵。

這馬戲班的人在我們中間所引起的歡笑對我真是一個很大幫助，我趁此機會丟開那鬱悶神氣，加入到別人的興奮中，我立刻邀請蘿蒂和安娜去看晚上的表演，得到父親的同意之後，我們三個人先散步到那草原去看一下。那裡有兩個男人正忙著在地上畫出一個圓形演技場，用繩子把四周圍起來，然後撐起一個高架子。附近停著一輛綠色大貨車，有一個胖得可怕的女人坐在車梯上補東西，一隻美麗的小白捲毛狗躺在她的腳下。我們正在巡視的時候，那位騎馬的人已從城裡回來了。他趕快把馬拴在車後，把漂亮的紅衣服脫掉，著短衫去幫忙另一個人撐架子。

「可憐的傢伙！」安娜感慨地這樣說，但我並不覺他們有什麼可憐的地方，便和她辯論著，把那馬戲人員的自由快樂的生活捧上天去，並且說再沒有什麼事比能跟他們走更使我嚮往的，像走鋼索啦、表演完之後拿著盤子收錢啦。

「那我倒真想看看呢。」安娜開心地大笑著說。

於是我把帽子當盤子做出收錢的樣子，卑躬屈膝地向每一個人要求捐款。安娜伸手到口袋裡摸了一會，掏出一個希尼來丟到我的帽子裡，我說了聲謝謝把它放進自己的口袋裡去。

我那壓制著的快活，這時一齊都衝出來了。那天從早到晚我玩得像個小孩子似的興高采烈，這大概也是由於我那善變的性格使然。

晚上我們帶著弗瑞茲一起去看表演，還未走到那裡已感受到無上的興奮和預期的歡樂。那草原上已有一堆堆的人在閒蕩；小孩子們又高興又安靜地站在一旁，因為有所期待，眼睛都睜得大大的；一些年輕小夥子是在打打鬧鬧，互相推倒在別人腳下；看熱鬧的到栗樹下坐下來；一個警察戴著鋼盔在巡邏。圍著那場子已擺了一排椅子，場中央放著一個四腳架，上面四角上各掛著一罐油、插著一枝火把，這時已經點燃起來，觀眾們也慢慢走攏來，那一排椅子都快坐滿了，那紅色的火焰就在他們頭頂搖曳著。

我們剛找到一個板凳座位，手風琴便響了。班主和一匹小黑馬走到場中，一個小丑跟著出現，開始一面講話一面打嘴巴，贏得不少掌聲。首先那小丑傲慢無禮地問一些問題，那班主給了他一個嘴巴，反問道：

「你以為我是個駱駝嗎？」

那小丑回答說：「我知道得很清楚，你和駱駝大不相同。」

「噢，你這小丑居然知道！說說看，有什麼不同？」

「呵，班主，這還要說嗎？駱駝能工作一禮拜而不喝一點水，你能喝一個禮拜的水而不工作。」

又是一個嘴巴，一陣喝采，一直這樣子繼續下去。雖說對於這些粗俗玩笑和頭腦簡單的觀眾，有點覺得驚奇，但我還是和他們一齊笑著。

小馬表演跳躍，一次跳過一條板凳，跳到第十二次的時候，現出筋疲力盡的樣子，這時才改換一隻捲毛狗竄跳圈子，並用兩隻腳跳舞，還做些軍事操。在這中間，小丑一直不斷出現穿插，接著又上來一隻美麗可愛的小山羊，在一把椅子上表演平衡動作。

最後是小丑被問，是不是他就只會到處亂轉和逗笑！他立刻脫去小丑的服裝，露出一身大紅緊身衣，敏捷地爬到很高的繩子上，那樣子很英俊，動作也優美，其實就算動作技能差點，單看他那紅色身軀被掛在暗藍天空下的火炬照耀著，也夠賞心悅目了。

因為這些表演比預定的時間長了些，啞劇只好被縮短，雖然我們看完立刻回家，已經超過了平常在外面停留的時間。

在整個表演過程中，我們一直是很快活地邊看邊談著。我坐在安娜旁邊，雖然除了偶而談話之外，什麼也沒有做，我卻一直注意著她那溫柔的親切，在回家的路上還不勝懷念著。

回家上床之後，許久都睡不著，因而更有時間去回想馬戲場中的情景。可是一面回想一面又對自己的不忠實感到羞愧，我怎麼會這麼快便放棄了那美麗的海倫？接著卻又藉一些詭辯的理由，心安理得地解決了這種內心矛盾。

這晚在快要睡著之前，我又把燈點亮，從口袋裡掏出安娜開玩笑丟給我的銅錢來，無限溫柔地端詳著。那錢是一八七七年鑄的，也就是說剛好是我的出生年代，和我一樣大。我用白紙把它包起，在上面縮寫上ＡＡ並記上日期，當作一枚幸運錢，收藏在皮夾的最裡層裡。

假期的前半段往往比後半段顯得長些，日子越過越快，而我的假期的一半早已經過去了。風雨連綿了一星期，夏天開始變得更成熟更老練。但在我好像世界上再無什麼重要事情，只一心避開失戀追求新歡地度過那逐漸減少的假日，而每天都有著一個金色的希望，驕橫地注視著白晝的來臨、照耀和離去，並不想把它止住，也不為它的逝去而有所悔恨。

當然這種驕橫是由於青春活力的旺盛，但母親也應負一點責任，因為她對這整個事情一句話也不說，並讓我覺得她很願意看到我和安娜建立起友誼。跟這聰明而優雅的女孩子在一起，對我有好處，是無可否認的，我看得出母親也願意我和安娜能有更進一步的關係，所以我沒有需要擔心和顧慮的地方，而且我對安娜是像對親愛的姊妹般可以信任的。

但是，這種情況總不是我心裡所希望的，不久之後，我們這種靜止的親密，對於我簡直變成了一種痛苦的重負。因為我一心想從這防禦周嚴的友誼圈子衝入那廣大無邊的愛情境界，卻又想不出怎樣才能誘使我那天真無猜的朋友跟我走上通往那裡的康莊大道。到了假期快要結束的時候，卻從這裡又滿足又不滿足的矛盾衝突中，忽然來了個美妙的終止和解脫，而留給我一個無上快樂的回憶。

所以在我們那幸福的家庭中，我們可說過了一個快樂的夏天。跟母親在一起，我像暫時又回到了童年，以那種親密的母子關係，我可以毫無隱瞞地談自己的生活，坦白地承認過去的錯誤，討論將來的計畫。記得有一天上午，我們坐在風涼的亭子裡，談到宗教信仰的問題，我曾說如果要我再變成一個虔誠信徒，必須要有個人來陪伴我鼓勵我才行。

母親聽了之後，笑望著我，想了一下才說：「也許沒有人能來陪伴你鼓勵你呢，但是慢慢地你自己也會發覺沒有信仰是不能生活下去的，因為，你知道，智識實在沒有太大用處。譬如你每天看到一些人，自認對他們很了解熟悉，而有一天在某些事情上也許會證明你對他們實在知道得太少了。但是人總需要有所信賴的，願意得到確實，這時候，你轉向救主就遠比向一個教授或偉人求助來得可靠了。」

「為什麼？」我問道，「我們對於救主也不見得確知多少呀。」

「呵，我們太知道了！在過去各個年代中，到處都有人充滿自信，毫不畏懼地死去，據說蘇格拉底就是一個，還有別的人——不過不多就是了。這少數的人能夠安靜從容地去死，並不是由於智慧的豐富，而是由於心靈的純潔。我們不得不說這少數人是非常對的，他們每個人都對得起自己。我們這些人有幾個能像他們呢？不過在這少數人成為對照的另一方面，你也可以看見成千成萬的貧苦平凡的人，因為信仰了上帝，也同樣能和平安詳地死去。你祖父去世前曾受了十四個月的痛苦，但他毫不抱怨，安然承受著一切，就是因為有上帝做他的慰藉。」

最後母親說：「我知道我絕不能說服你。信仰不是由理智產生的——比愛情更不是。可是將來總有一天，你會知道理智並不能包括一切。明白了這點，在痛苦絕望時，你就可以抓住些似乎可以支持你的東西了。那時候以也許就會記起我們今天說的話了。」

我幫忙父親整理花園，每逢出去散步，總帶點樹林裡的泥土回來，給他培植盆裡的花木。我和弗瑞茲又發明了一種新爆竹，釋放的時候曾燒了我的手，至於同蘿蒂和安娜，我們常整天在林中消磨，一齊去採草莓或花草，有時我也高聲朗誦我心愛的書給她們聽，或者去發掘新的散步場所。

這種美妙的夏天的日子接二連三地來臨，我已經習慣於整天和安娜在一起，每逢想到這情形不久將告結束的時候，烏雲就立刻把我那假期的蔚藍天空變成一片陰暗。

正如所有的親熱和甜蜜都是短暫而有完結的，這暑假也是一天天地從我手指縫裡溜走。在我的記憶中這個夏天似乎象徵著我青春時代的結束。家人開始在談論我那迫近的離別，母親又在細心地整理我的衣物，縫縫補補。在我收拾行李的那天，她給了我兩雙她親手織的羊毛襪子，誰也沒想到這竟是她給的最後的禮物。

最後一天終於來到了。那是個美好晴朗的日子，天上有些淡淡的浮雲，陣陣溫柔的東南風吹過院中仍在盛開的玫瑰花；這是一種收集了夏天所有香味的風，一直吹到中午才漸漸停息。我決定要好好來過完這一整天，到晚上才動身走。我們這些年輕人要到外面去過下午。因此上午我便同父親母親在一起，坐在父親書房裡的長沙發上，夾在他們中間，父親給我預備了一些送別的禮物，用玩笑的口吻掩飾著他的情感，把禮物交給我。那是一個裝著錢的老式的錢包，一枝可以插在口袋上的筆，一本他自己做的筆記簿，簿子上面有他那嚴肅的手親自寫的格言：錢袋是忠告我要節省用錢，但不要吝嗇；筆是要我用它常寫信回家。並且，如果我由生活中經驗中發現了更好的格言就隨時記下，寫在那筆記簿上他所寫的那些認為真實有用的格言旁邊。

我們一起坐了有兩個鐘頭，談了很多過去的事情，像我們的童年，他們的年輕時候，以及祖父母的生活，這在我永覺新鮮有趣，而且深深印在心中。現在我已記不完全他們所說的都是什麼了，因為那時我的心思不停地要溜到安娜那裡去，也許根本就沒聽進他們費心費力所講的話。但是有些東西卻永遠留在我的心中，那就是對於那天早晨在書房中的清晰的記憶，和對於雙親一種深深感謝和尊敬的情感。現在我才知道再沒有什麼人能給我像那一樣的純真聖潔的感情了。

但在那時候，別離之情使我非常激動，一吃過午飯，便和兩個女孩子到山上去了。我們要去的目的地是一個可愛的森林山谷，峻峭的兩壁夾著我們的河流。

最初我那嚴肅的神氣，使得她們也無言而沉思，但到達山頂的時候，從那高大的紅樅樹中間，可以俯視多風的山谷和生滿樹木的小丘，我立刻長嘯高呼地排除著胸中鬱悶，那兩個女孩子也立刻跟著大笑，並且開始唱一支爬山歌。那是母親喜歡唱的一支老歌，當我也一路走一路唱的時候，憶起了許多童年往事，和以前假期中在樹林裡的快樂郊遊。歌聲一停，我們不約而同地談起過去的日子和我們的雙親，心中覺得感激而又驕傲，因為我們是有著怎樣光輝的青春呵！我興奮得捧著蘿蒂的手在走，直到安娜也把手搭上來，我們才三人拉成一橫排，搖擺著手像跳舞似的，沿著林邊的路一直走著。生命是多麼快樂呵！

接著我們又走下山去，到了山谷底下小河邊陡峭的小徑上，老遠便聽到那小河流過石頭的聲音。這小河上游有一家可愛的小旅店，我曾在那裡請過這兩位女孩子喝咖啡、吃糕餅和冰淇淋。在下了山沿著小河走的時候，我們的橫排必須改為縱隊了。我走在安娜身後，一面望著她的背影，一面在想怎樣才能在天黑之前單獨和她談談的方法。

終於我想出了一個藉口，那時我們已接近目的地，到了一個滿是野生石竹的草地上。我提議要蘿蒂獨自先去那旅店裡要他們準備咖啡，並且替我們預定一個花園桌位，讓安娜和我去採羊齒植物和野花，因為這是一個收集標本的好地方。蘿蒂認為這安排很好，就先走了。安娜坐在一個長滿青苔的石頭上開始採集了。

「今天是我最後的一天了。」我開始說著。

「是嘛，真糟糕！但不久會再回來的吧？」

「誰知道？至少明年不會回來。再說就是回來，情形也不一樣了。」

「為什麼呢？」

「因為你不一定會再來的。」

「問題並不在這裡。至少，你這次回來是和我沒關係的呀。」

「因為那時我還不認識你。」

「當然啦。呵，你怎麼一點也不幫忙？你可以遞給我一點那邊的石竹哪。」

於是我鼓起勇氣說：

「我會慢慢來採給你的。這回我有點更要緊的事，你知道，我只有幾分鐘和你單獨在一起的時間，我已等它等了一天了，因為——你知道，我要走了——我想問問你，安娜——」

她對我望著，那聰明的面孔沉靜下來，有點煩惱的樣子。

「等一下。」她截住了我那斷斷續續的話。「我知道你要說什麼。現在我很誠懇地要求你不要說。」

「不要說？」

「是的，不要說，我現在不能告訴你為什麼，但讓你知道，我也並不在乎。你以後可以問你妹妹，她全都知道的。現在我們沒有多少時間，而且那是個悲傷故事，今天不要讓我們悲傷吧！現在我們來做花球，等蘿蒂回來。我們仍然是好朋友，大家一起愉快地過完今天，好不好？」

「只要能夠，我一定做到。」

「好吧，聽我告訴你，我的情形正和你的一樣，我愛慕一個人，但是得不到他。不過事實既然如此，我們就更應該從別的方面抓友誼、仁慈和歡愉。所以說讓我們仍然做好朋友，快快樂樂地過完這一天吧。」

我嚅嚅地答應著，並且和她握了握手。河水跳躍著濺濕了我們的衣裳，花球編得越大越好看。不久便聽到了妹妹的聲音唱著喊著向我們走來。當她來到的時候，我假裝要喝水，跪到河邊，把額頭和眼睛在清涼的流水中浸了一會兒，然後拿起花球，同她們一起向那小旅店走去。

我們的桌子已在一棵楓樹下擺好了。有咖啡、糕餅和冰淇淋。那女店主走出來歡迎著，使我很覺奇怪的是我竟談笑自若並且照樣吃喝，變得快活起來。飯後我還站起來說了幾句話，很自然地和別人一齊大笑著。

我永遠不會忘記安娜是如何親切、和藹，而又從容地幫我克服了那天下午的悲傷和窘困。她一點也不洩露我們之間所發生的事，只很友善地對我。幫我表現正常，這使我對她那自己的憂傷和承受的態度，生出了無上的敬意。

我們起身回家的時候，峽谷中已經開始有了黃昏的影子，但是當我們很快地爬上山邊時，又看見了向下降落的夕陽，並且在它的餘暉中，我們走了有一小時之久才回到家裡。當那又大又紅的太陽徘徊在黑松林頂上就要落下去的時候，我回頭望了它最後一眼，心裡想著，明天我將在很遠的另一個地方看見它了。

那天傍晚，我和所有的人告辭之後，蘿蒂和安娜陪我走到車站，搖手揮別，一直目送著火車駛進黑暗之中。

我站在車窗口向外望著那城市，街上的燈已經點著了，窗口也都亮起來。火車駛近我家花園的時候，我看見一陣很強的紅色閃光，原來是弗瑞茲提著一盞風燈在搖晃，並且正當我經過向他招手的時候，他放了一個沖天炮直入空中。我探頭出去，看著它上升、停止、畫成一個優美的弧形，然後消失在一陣紅光之中。

悠遊之歌 / 赫曼・赫塞著 ; 沉櫻譯. -- 三版. -- 臺北市 : 大地出版社有限公司, 2024.08
面：　公分. --（大地叢書：45）

譯自 : Wandering
ISBN 978-986-402-391-2（平裝）

875.57　　113010262

悠遊之歌

大地叢書 45

作　　者	赫曼・赫塞
譯　　者	沉櫻
發 行 人	吳錫清
主　　編	陳玟玟
出 版 者	大地出版社
社　　址	114台北市內湖區瑞光路358巷38弄36號4樓之2
劃撥帳號	50031946（戶名：大地出版社有限公司）
電　　話	02-26277749
傳　　眞	02-26270895
E - mail	support@vastplain.com.tw
網　　址	www.vastplain.com.tw
美術設計	陳喬尹
印 刷 者	博客斯彩藝有限公司
三版一刷	2024年08月

大地

定　　價：250元